ammann

AMMANNS
KLEINE BIBLIOTHEK
Herausgegeben von
Marie-Luise Flammersfeld
AKB 4

Friedrich Kröhnke

# Ein Geheimnisbuch

Ammann Verlag

Erste Auflage 2009

www.ammann.ch
Satz: Gaby Michel, Hamburg
Druck und Bindung: CPI – Clausen & Bosse, Leck
ISBN 978-3-250-10804-7

Im Urwald gibt es keine Cigaretten! Ehe Sie deshalb mit Perken und Claude in den Urwald aufbrechen, versorgen Sie sich bitte mit der Marke, an die Sie gewöhnt sind, und rechnen Sie damit, daß Ihnen die Träger die Hälfte wegrauchen!

Wer eine Cigarette liebt, die ausgeprägt männlich und ausgeprägt mild ist, raucht am liebsten die Fox!

*Reklame im rororo-Taschenbuch André Malraux, Der Königsweg*

# Zwei Hühner werden geschlachtet

Da sind die Sommervormittage, an denen sie sich, statt in die Schule zu gehen, in den Gassen um den Weißen Turm herumtreiben. Marktstände sind aufgebaut mit Kisten vielfarbigen Inhalts, als wären es Pflaumen, Zitronen und Blutorangen. Stand an Stand, Bananenkarton über Bananenkarton, aber aus den meisten von ihnen leuchten die Regenbogenfarben der edition suhrkamp.

Das ist der Büchermarkt rund ums Schloß: hier lernen sie, täppisch, zu lieben. Man kennt noch nichts, man lernt an dem, das da ist, und das sind die Remittenden des Sommers, als sie vierzehn sind.

Jeder Band hat seine eigene Farbe, aber keiner ein Titelbild, statt dessen auf jedem nur der Name des Autors und des Buchs. Sie lieben das. Sie lieben am meisten, daß es diese Art papiernen Schutzumschlags in ebender jeweiligen Farbe gibt, aber unter dem Umschlag verborgen exakt dieselbe Beschriftung auf einem weißen, überaus schmalen und kleinen Taschenbuch. Beieinander in den Bananenkartons bilden alle Bücher den Regenbogen. So lernen sie beide, statt in der Schule zu sitzen, die Schönheit kennen.

Das wunderbarste Buch ihres Vierzehnjährigen-Sommers ist von einem Peter Handke und heißt Publikumsbeschimpfung. Als winziger Teil des Spektrums der edition suhrkamp ist es ein grünes Bändchen, aber wenn man den hauchdünnen äußeren Umschlag ein wenig zurückschiebt, weißgrau wie alle. Unten der fette schwarze Strich, der belegt, daß die Publikumsbeschimpfung verbilligt – aus den Kisten des Büchermarkts zwischen Schloß und Weißem Turm – gekauft worden ist. Innen wird das Publikum beschimpft, »bis das Publikum geht«. Sie lesen einander die Tiraden vor. Sie streichen dasselbe Aknemittel über Kinn und Wange und ergötzen sich an denselben Stellen in der Publikumsbeschimpfung. Unter solchem Glücksstern jung sein zu dürfen, daß sie erst ein paar wenige Male mit den Eltern im Theater gewesen sind – Shakespeare-Stücke, in denen Zwillinge verwechselt werden – und nun schon die Publikumsbeschimpfung erscheint und sich in ihren tintenbekleckten Fingern befindet!

In dem Schloß, vor dem die Buchhändler der Stadt, rote Papiermützchen auf den Häuptern, einen sommerlichen Büchermarkt veranstalten, da ist, im Keller, das Theater im Schloß. Sie gehen hin. Sie sehen, hören vom selben Handke den Kaspar, sie hören den Schauspieler sich selbst bezichtigen, wonnig sind sie das beschimpfte Publikum.

Abel hat die Sprechstücke gekauft, Alexander die Hornissen. Abel die Innenwelt der Außenwelt der Innenwelt, Alexander den Hausierer und die Angst des Tormanns beim Elfmeter.

*Gerade ist jemand gestorben!*
*Ja, aber im Ausland.*
*Gerade wird da etwas von INNEN nach AUSSEN gestülpt!*
*Ja, aber im Ausland.*
*Gerade macht da etwas KRÄCK!*
*Ja, aber weil wir davon reden können, ist es ein Traum.*

Auch die Hornissen und der Hausierer und die Angst des Tormanns sind überaus hübsche, neuartig hübsche, pop-art-hübsche, sehr kleine, schmale Taschenbücher. Leider blättert das Deckblatt ab, weil sie von Fischer sind. Die Fischer Taschenbücher haben eine durchsichtige Folie über der Umschlagpappe, und die löst sich von den Ecken her, löst sich bei Was wollen die Studenten wie bei Berendts Jazz-Buch wie bei der Blechtrommel und den Hornissen und dem Hausierer und der Angst des Tormanns beim Elfmeter. In den Fischer Taschenbüchern ist auch der Text so klein und eng gedruckt, und sie brechen leicht in der Mitte, oder ein Knick auf dem Buchrücken entsteht, es hilft nur, sie vorsichtig zu öffnen. Welche also, wenn nicht die von

Fischer, sind die schönsten von den Taschenbüchern dieses Kindersommers, die da in Bananenkisten nach Reihen geordnet auf dem Marktplatz verbilligt zu haben sind?

Alexander wüßte es kaum zu sagen, Abel wüßte es kaum zu sagen. Doch wohl diese noch kleinere, noch griffigere, so sehr weiße Reihe namens dtv? Vielleicht die gelbe, die Reihe Hanser! Alle Verlage, scheint es, haben, gerade als sie zwei stadtbekannte kleine Jungen sind, die komische riesengroße Hüte tragen, um die Erwachsenen zu provozieren, eine nicht zu teure Paperback-Reihe ins Leben gerufen, in der literarische Texte erscheinen sowie politische Bücher, die Jahre später kaum jemand freiwillig aufschlagen würde. Die beiden Jungen kaufen sie alle. Die Reihe Hanser! Die Sammlung Luchterhand! Die Serie Piper. Klagen über Lehrer F. aus der Reihe Fischer. Deren Bändchen sehen wirklich wie kleine Pappdeckelstücke aus, die Reihe pocket von Kiepenheuer & Witsch aber auch.

Sie kaufen alle Remittenden der edition suhrkamp des Sommers 1970. Sie kaufen mit dem fetten schwarzen Strich auf der Unterseite und manchmal dem Stempel *Mängelexemplar* und manchmal auch ohne beides Hiroshima mon amour und Frantz Fanon, die Bottroper Protokolle von Erika Runge, die Rapporte von Peter

Weiss, die Blindenschrift und die Landessprache von Hans Magnus Enzensberger, Pilzer und Pelzer von Ror Wolf und Zwei Hühner werden geschlachtet von Alf Poss. Sie wissen nichts von einem Ror Wolf, nichts von einem Alf Poss, und trotzdem oder gerade deswegen ist es eine solche Freude, sie zu kaufen, zu haben, zu blättern, stimmbrüchig einander daraus vorzulesen: *Zwei Hühner wurden geschlachtet / Das war es / Das müßte reichen* ... Im Theater im Schloß werden die Hühner geschlachtet, es gibt einen kleinen Skandal darum, der ihnen Lust bereitet. Aus den Bitteren Tränen der Petra von Kant geht der Vater bösen Blicks in der Pause fort, und er studiert stirnrunzelnd das Programm der Spielzeit: »Als nächstes zeigen sie was von einem Thomas Bernhard und dann von einem Schnösel namens Jean Genet ...« So paßt es, daß eins der Bändchen den Titel Abschied von den Eltern hat, auch dieses klein und englisch broschiert und in demselben Grün, in dem das Publikum beschimpft wird. Sie gehen abends, sich noch verloren fühlend in der erwachsenen Welt, ins Justus-Liebig-Haus zu den Lesungen, ein Eierkopf steigt vor ihnen die Treppe hoch, Uwe Johnson.

Sie gehen, als es Herbst geworden ist und die Buchhändler nicht mehr auf dem Markt stehen, sondern in ihren kleinen Innenstadtgeschäften, Schroth und Schlapp und Megede, zu den Lesungen in den Buchhandlungen, unsicher und pubertär, sitzen auf Stühlen, die der Schlapp zwischen und hinter die Regale seines winkligen Ladens stellt, und verfolgen, wie eine Frau, die den Zuhörern als Kathrin von Hutten vorgestellt wird, ihren Vortrag abbricht, weil ihr, was sie selbst geschrieben hat, plötzlich zu obszön vorkommt: »Nein, das kann ich nicht lesen ...«

Der Buchhändler Hans Dietrich zur Megede malt ein Plakat und stellt es in sein Schaufenster, sie schwänzen die Schule und kommen vorbei, und auf dem Plakat steht: »Ich werde den Butt zweimal lesen! Hans Dietrich zur Megede«.

Sie kichern über ihn und den Schlapp und stoßen einander in die Seiten. Schlapp hat einen Angestellten namens Warnebold, den sie für den ersten richtigen Juden, den sie kennen, halten, weil sie glauben, er heiße Weingold. Er trägt einen zottligen Bart. Sie bestehlen ihn und bestehlen den Schlapp. Man kann ja hinter die Regale, ganz hinten, wohin er abends die Stühle für die Lesungen stellt, auch mittags nach der fünften Schulstunde, und dort ziehen sie, wenn Schlapp nicht aufpaßt und Warnebold nicht, Bücher der edition suhrkamp aus dem Regal und Bücher der Sammlung Luchterhand und der Reihe Hanser und Quarthefte und Fischer Taschenbücher und schieben sie in ihre

Schulranzen, vielleicht wissen Schlapp und Warnebold es. Schon Minuten später sprechen sie, sich dabei anstoßend, ihn zugleich anhimmelnd, den Zottelbärtigen an, um etwas zu bestellen, und zwar zumeist aus dem Dietz Verlag Ost.

Die von ihnen bestellten kommunistischen Traktate und Werkausgaben sogenannter Klassiker des Marxismus-Leninismus werden umständlich aus der DDR geliefert, Wochen nach der Bestellung, mit einem Gummibändchen drumrum, zu Pfennigpreisen, an denen die Buchhandlung Schlapp doch nun wirklich nichts verdienen kann. Sie sind oft weinrot, in Kunstleder und riechen anders als andere Bücher.

Wie genau? Und wie sieht die Reihe Hanser aus, die Sammlung Luchterhand? Hat die edition suhrkamp immer und ausschließlich den Titel des Buchs und den Namen des Verfassers auf der Titelseite der Broschur – ohne es zu beachten, überfliegen sie die Zeilen und merken sich unbewußt: *Umschlagentwurf Willy Fleckhaus* – auf Linien geschrieben wie in ein Schulheft oder mehr noch auf einer schulischen Schiefertafel, so bietet die Reihe Hanser in ganz ähnlichem, sehr kleinem Format und schön anzufassen Bücher mit richtigen Titelbildern, aber alle in Gelb. Band 1 sind die Stimmen von Marrakesch.

König Ubu. Der andere Prozeß. Früher begann der Tag mit einer Schußwunde. Wolf Wondratschek ist der Peter Handke der gelben Reihe. Sie kaufen dem Schlapp die Zerstörung eines Hör-Beispieles ab und den Bauern, der mit einer Bäuerin einen Bauernjungen zeugt, der unbedingt Knecht werden will, und lesen einander Sätze vor: *»5 Uhr früh und das Husten der Bauersfrauen.« »Kinder wissen alles besser. Der Briefträger ist ein Känguruh.«* Ist es nicht bald nach diesem Sommer, daß die Reihe Hanser von englischer zu einfacher Broschur übergeht, wie die edition suhrkamp auf den dünnen Schutzumschlag verzichtet und die Sammlung Luchterhand auf die durchsichtige Folie um ihr kartoniertes Deckblatt – und so alle drei auf ihr Schönstes, das die beiden Kinder noch eben haben kennen dürfen?

Haben sie doch auf dem Büchermarkt zwischen Schloß und Weißem Turm Band 1 der Sammlung Luchterhand gekauft, Jakob den Lügner. Und den Weg durch den Februar. Und den Ausflug der toten Mädchen. Sie sind hingerissen gewesen von dieser durchsichtigen Folie, von der Bleiwüste Text auf dem Titelblatt, die Luchterhand statt Hansers schwarzer Zeichnungen auf Gelb und statt der Schultafellinien Suhrkamps aufgeboten hat, und von dem Logo der Reihe, das den damals gebräuchlichen Fotoecken ähnelt. »Was hast du dir gekauft? Helga M. Novak: Aufenthalt in einem irren Haus? Ich: Anna Seghers, Aufstellen eines Maschinengewehrs im Wohnzimmer der Frau Kamptschik.«

Damit nicht genug der aufgeregten Freude! Denn hinten in den Taschenbüchern wird auf weitere Taschenbücher verwiesen, die nach Nummern aufgelistet sind in der Reihenfolge ihres erfolgten oder angekündigten Erscheinens, so daß immer Zukunft und Serie ist, Reihe, Sammlung, Collection, eine große kleine Ewigkeit. Man kann die Liebe nicht erklären und das Glück der Jugend nicht erklären und ja sogar kaum beschreiben, so viele es versucht haben. Reihen sind es, Taschenbücher und Paperbacks. Schon aber irritiert durch seine Schönheit ein großformatiges, ungebundenes Buch, das keiner Reihe angehört, Wohnhaft im Westend, von Helga Novak und Horst Karasek, von den Hausbesetzungen und den Studenten und dem Café Rimbach, und eine ganze Reihe von herbem Reiz, die ihnen verrät, daß die Kindheit schon zu Ende ist, die Voltaire Flugschriften, herausgegeben von Bernward Vesper, grauweiße Hefte; sie sind aufgeweckt genug zu spüren, daß Vespers Flugschriften, die man ebenfalls bei Schlapp oder Schroth oder Warnebold klaut, Abenteuerbücher sind, von Gudrun Ensslin geschrieben und Günter Grass und Horst Mahler. Sie spüren, man kann auch ganz schön was auf die Schnauze bekommen. Sie fangen an, nachmittags auch nach Frankfurt zu fahren.

# Begrüßung des Aufsichtsrats

Sie haben jeder ihre Farbe, die Eltern haben sie ihnen zugeteilt. Abel Amelung hat Rot, Alexander Amelung hat Blau. Wenn es also Kleidung zu kaufen gilt oder eine Sommerkappe von einer Limonadenmarke oder andere Alltagsgegenstände, bekommt Abel die Sinalco-Kappe oder die Schultasche in Rot und »Sascha« in Blau. So könnte es neben ihnen noch einen Gelben, Schwarzen oder Violetten geben, Schönheit der Reihung, in der die variatio erfreut und zur Identifikation einlädt, die Eltern wissen es. Abel hat den Kinderkalender des Ensslin-Verlags und Alexander den Jungen-Kalender Komm mit. Vater und Mutter melden sie auch, als sie Zehnjährige sind, als Mitglieder von Buchclubs an.

Das Ladenlokal der Deutschen Buchgemeinschaft befindet sich fast unmittelbar neben dem Weißen Turm und ganz nah bei ihrem Gymnasium, da, wo die Stadt erfreulich ist, wo Menschen und Schaufenster sind und Unruhe ist. Zur Büchergilde müssen sie etwas weiter gehen.

Abel ist der mit der Deutschen Buchgemeinschaft. Sascha ist bei der Büchergilde. Wie sie nicht gefragt oder geklagt haben, weil der eine der Rote und der andere der Blaue geworden ist – denn das ist alles in Ordnung und schön und warum nicht –, überlegen und diskutieren sie nicht, ob die beiden Buchgemeinschaften richtig vergeben worden sind, sondern nehmen das so hin – voll Freude an dem Neuen im Leben. »Und wir können ja Bücher tauschen und können uns Bücher schenken!«, und sie gehen immer gemeinsam zu Beginn eines »Quartals« erst in Alexanders Büchergilden-Laden, dann in Abels Filiale der Deutschen Buchgemeinschaft.

Das System ist nämlich so, daß nur wer Mitglied ist in dem Geschäft ein Buch kaufen kann und daß er das einmal im Vierteljahr sogar muß. Mindestens ein Buch aus dem Sortiment muß einer alle drei Monate kaufen, andernfalls ihm ein sogenannter Vorschlagsband unaufgefordert ins Haus geschickt wird, ein Unterhaltungsroman meist, der gerade in Mode ist, wie »Angélique« von Anne Golon, in Lizenz und immerhin in einer Aufmachung, die mindestens so anspruchsvoll ist wie die Ausgabe, die in den normalen Buchhandlungen jeder kaufen darf.

Die *Buchgemeinschaft* ist eigentlich gesichtslos und bieder. Spießige Bücher für Spießer. Halbleder. Abel kauft Das DBG-Musiklexikon, Das DBG-Opernlexikon.

Er, der zehn Minuten Jüngere der beiden, ist eher introvertiert, versponnen, eigenbrötlerisch, und zu seinen Eigenschaften zählt, was ihm die Eltern geben, anzunehmen, was sie ihm empfehlen, sich zu eigen zu machen und dadurch – ein Paradox, ein verwickelter Vorgang – nach und nach er selbst zu werden.

So stehen noch Jahrzehnte später 49 Stories und 49 Depeschen und In einem anderen Land, in ebendem Halbleder und nun abgegriffen und *berieben* und gestempelt mit seinem Namen und der Adresse ihrer Kinderzeit in der Regalwand an der Seite seines Betts und erinnern an Stunden, die nicht wiederkehren können, als man zuerst In einem anderen Land war, Einen Tag Warten einen weich und zärtlich machte und entsetzliche Kriegsbilder Auf dem Quai in Smyrna einen verstörten.

Es gibt eine Sonderreihe in der Deutschen Buchgemeinschaft, Der Moderne Buchclub! Diese, ohne Leder, sogar ohne Schutzumschlag, minimal gestaltet, sind die schönsten Bücher jener Jahre. Es ist eine Art edition suhrkamp in Ganzleinen. Es gibt Henry Miller, Djuna Barnes, Robbe-Grillet, Fetzen aus dem Hausierer, den Hornissen, die Geschichten Gabriele Wohmanns – einmal im Vierteljahr oder wenn ein unerwartetes Taschengeld ausgegeben werden kann, begleitet Sascha den Abel, statt nach der Schule gleich nach Haus an die Rosenhöhe zu trödeln, zum Weißen Turm, zu dem Laden am Weißen Turm, und trägt Abel einen dieser ungeschützten Leinenbände mit neuer Prosa davon: Dubliners. Begrüßung des Aufsichtsrats.

Eine Lust, im Unterricht, statt zuzuhören, im Schulheft selber mit dem Tonfall von Handke, Wondratschek, Helga Novak zu spielen! *Als ich,* kritzelt Abel, *gestern abend um halb zwölf das Licht ausmachte, hörte ich aus der Küche unsere Katze einen schrillen Schrei ausstoßen. Ich habe daraufhin auf die Uhr geguckt, und zwar weil ich mir dachte: Sollte morgen früh unsere Katze erdrosselt am Küchenfenster hängen, könnte ich sagen: Gestern abend um halb zwölf hörte ich aus der Küche die Katze einen schrillen Schrei ausstoßen. Da habe ich mir gedacht: Guck auf die Uhr. Es könnte sein, daß die Katze erdrosselt am Küchenfenster hängt. Und dann könnte ich sagen: Ich habe gestern abend um halb zwölf das Licht ausgemacht, da hörte ich in der Küche die Katze schreien, und was für ein Zufall, da habe ich mir schon gestern gedacht, morgen früh könnte es sein, daß die Katze erdrosselt am Küchenfenster hängt. Ich habe mir gedacht, es könnte doch sein, zufällig, daß die Katze morgen früh wirklich da hängt und ich dann sagen könnte: Als ich gestern abend das Licht ausmachte, habe ich mir gedacht: Es könnte doch wirklich so sein. Ich bin dann sehr müde geworden, denn das kennt man ja: Im Fernsehen der Monitor, auf dem der Monitor drauf ist, auf dem der Monitor drauf ist. Es soll wer anders die Konsequenzen daraus ziehen, daß ich jetzt in der Küche stehe, und neben mir hängt die Katze erdrosselt am Fenster. Er soll mir auch sagen, was ich jetzt darüber erzählen soll, was ich gestern abend gedacht habe.*

## Maximilian Dietrich, Memmingen

Ihre Mutter ist Schriftstellerin. Sie hat einen anderen Nachnamen als Abel und Alexander. Als sie Kinder sind, erscheinen die Romane ihrer Mutter im Maximilian Dietrich Verlag in Memmingen. Abel begleitet sie, aufgeregt vor Freude, jeden Herbst auf die Frankfurter Buchmesse, da suchen sie den Stand dieses Verlags auf, und Maximilian Dietrich küßt der Mutter die Hand.

Er ist ein hochgewachsener älterer Mann mit einem gelben Pferdegebiß, das bleckt er. Wie in seinen Briefen, die Abel ausnahmslos liest und abzuheften die Aufgabe hat, spricht er seine Mutter nie anders als mit »Hochverehrte, gnädige Frau« an und küßt ihre Hand.

Er veröffentlicht vier Romane ihrer Mutter als in Leinen gebundene Bücher mit besonders schönen, dezenten Schutzumschlägen. In ähnlicher Ausstattung erscheinen bei ihm die Bücher der Lettin Zenta Maurina, von der man den Kindern sagt, sie sei eine sehr bedeutende und berühmte Schriftstellerin. Abel fasziniert es, die Bücher seiner Mutter, auf denen sie La Motte heißt, und die von Zenta Maurina am Buchmessenstand ausgestellt zu sehen, sie anzuschauen, anzufassen, aufzuschlagen, sich den Schriftzug mit den Initialen dieses Verlags einzuprägen, das Schriftbild der Bücher und all die Moderne von 1960 in ihnen. *Herbert Harbaum verließ sein Abteil, sprang aus dem Zug und rannte auf den Zigarettenautomaten zu, der noch immer an der gleichen Stelle stand wie vor Jahren.* So klingen diese Romane, in denen etwas von der Zeit der Bahnsteigkarten, Tanzcafés, Blumenläden, Straßenbahnschaffner, Kirchenruinen erhalten bleibt, von Deutschland nach 1945. Gerührt findet er als Erwachsener diese Bilder und Wörter in den Büchern Bölls wieder, in Billard um halb zehn, in Und sagte kein einziges Wort. Man sieht sie in manchmal leicht lädierten Schutzumschlägen in den Antiquariaten und ist entzückt. Einmal entdeckt Abel einen Roman von Geno Hartlaub und kauft ihn und schickt ihn seinem Bruder, weil das Jahrzehnt, von dem es erzählt, und Material und Design des Schutzumschlags an den »Maximilian Dietrich Verlag Memmingen« erinnern, an einen nun toten Verleger mit Pferdegebiß und an die Zeit, in der ihre Mutter, während sie in der Schule sind, in dem Haus an der Rosenhöhe rauchend an der Schreibmaschine sitzt.

## Papageien. Flaschenbotschaften

Ganz am Anfang haben sie wohl Düfte genossen, warum, weiß man nicht, die Erinnerung verliert sich. Und doch ist manchmal plötzlich wieder da, wie das Papier der kleinen bunten Hefte gerochen hat, und es ist einem so, als wäre es damals darauf angekommen, welchen Geruch sie hatten, und nicht auf all das andere.

Sie heißen allgemein Micky-Maus-Hefte. Keiner kennt das Wort Comics, fände es auch gar nicht passend, weil die Bilder und Geschichten ja nicht nur komisch sind, zum Beispiel Sigurd oder Tibor oder Falk: jene unvergleichlichen unter den bunten Heften, weil sie ein ganz besonderes Format haben, gleichsam nur das oberste Drittel eines Heftes, schmal wie ein Federmäppchen, eine fremde, ferne Sorte von Micky-Maus-Heften fast für Erwachsene. Sie riechen anders. Micky Maus ja auch anders als Fix und Foxi. Gerüche von Sommer! Dazu sie beide.

Von den Erwachsenen werden sie auch Schundhefte genannt, aber scherzhaft. Als eines Tages ein Mann mit lauter Narben im Gesicht, wie die Eltern sagen: ein Kriegsversehrter, an der Haustür klingelt und Abonnements verkauft, wird das Micky-Maus-Heft abonniert und kommt immer dienstags. »Das neue Schundheft ist gekommen! Wer darf es zuerst lesen?«

An Hundstagsnachmittagen aber, wenn die Mutter auf Lesereise, der Vater – ein Chemiker – an der Arbeit in der Stadt und die Oma unter einem großen Strohhut auf den Markt gegangen ist, Erdbeeren und Kirschen kaufen, lagern die Brüder Amelung etwa auf einer Decke im Garten, ganz wie Die fünf Freunde! Ganz wie Die Spürnasen. An einem Papagei mangelt es, der Hund ist bei ihnen ein Spitz. Auf der Decke neben ihnen liegen die Schmökerhefte als Stapel, wahllos, ungeordnet, unsicherer Provenienz, nicht nur die beim Pockigen abonnierten, vielfach mit fehlendem Titelblatt, manchmal fehlenden Seiten in der Handlung, und beflügeln so nur um so mehr die Phantasie. Brütende Hitze, Lethargie, ganz wie im Garten der Fünf Spürnasen, die die Köchin um noch etwas Limonade bitten. Sommerhitze ohne Anfang und Ende, anfang- und endlose Lektüre außerhalb der Zeit, Hefte, denen Anfang und Ende fehlen, dafür sind es aber Hunderte. Man versteht vieles noch nicht, hört, sieht, liest es, etwas blöden Blicks vielleicht, zum ersten Mal. In einer Staubwolke rast am Rand des Dschungels, in dem Tibor sich von Liane zu Liane schwingt, ein Auto vorbei, Tibor ruft in der Sprechblase: »Der hat einen Affenzahn drauf!«, und sie verstehen das nicht und schauen das Auto auf der Zeichnung an, ob ein Affenzahn außen auf ihm drauf sei oder wie oder was...

Aus der Werksbücherei des Chemiekonzerns bringt der Vater die Abenteuerbücher, ganze Serien, ganze Abenteuerreihen. Weil es Serien sind, schließen sie an die bunten Hefte an.

Jungenbücher. Dies ist die Abenteuerreihe: Der Berg der Abenteuer. Das Tal der Abenteuer. Der Fluß der Abenteuer. Die Insel, die Burg, die See, der Zirkus der Abenteuer. Es gibt Abenteuerbücher. Es gibt Geheimnisbücher. Fünffreundebücher. Rätsel um. Geheimnis um. Fünf Freunde in, bei, und.

Sie lesen sowieso schon längst alles. Bald weiß Abel nicht mehr, ob er zuerst Emilia Galotti las, die Hamburgische Dramaturgie oder die Burg der Abenteuer. Mit acht, mit zehn oder mit zwölf. Beim Vorlesewettbewerb in der Schule siegen sie mit Manfred Kyber und mit verstellter Stimme. Der Chemiker-Vater, die Autorin La Motte geben ihnen berühmte, verwirrende Kinderbücher von früher. Robinsonaden, Sigismund Rüstig. Schweizer Kinder, die in einem rätselhaften Krieg mit Großeltern in einer Höhle in einem von aller Welt abgeschnittenen Tal überleben; die archaischen Namen für die Großeltern und ihr Tod machen angst. Abel zieht es vor, sich auf der Liegewiese im Mühltalbad in die Schullektüre der elf Jahre älteren Schwester zu vertiefen: Homo faber. Kinderbücher sind primitiver aufgemacht, abscheulich lieblos, grobe Pappdeckel darum, abwaschbar, vorne oder hinten eine Stelle, die man ausfüllen soll, *Dieses Buch gehört*... Da die Zwillinge alles lesen, lesen sie auch das.

Scheinwerfer nachts über dem Moor! Schmuggler sind es, wie sich in den folgenden Nächten herausstellt. Die fünf Kinder und ihr Papagei geraten da in etwas hinein.

Der Strahl einer Taschenlampe fällt grell auf Philipp (oder Jack), den der Papagei Kiki aus Dummheit mit seinem Plappern verraten hat. »Es ist nur ein Junge!« ruft einer der Verbrecher dem anderen zu. Aber Jack (Philipp) wird gepackt, gefesselt und von den Schmugglern irgendwo eingesperrt, und die anderen Kinder wissen nichts davon, nicht wo er steckt und daß er Hilfe braucht.

So sind die Abenteuer der Abenteuerserie. Gefährliche Abenteuer in britischen Sommerferien in einem ungefähren vergangenen Jahrzehnt. Den Brüdern Alexander und Abel öffnet sich eine so freie, weite Welt! Da verbringen Geschwister und Cousins, sonst in Internaten voneinander getrennt, die Ferien irgendwo zusammen, diesmal etwa in Wales, abends treffen sie ein, sehen einander zum ersten Mal nach einem Vierteljahr, gehen schlafen, die Luft ist so frisch im Bergland, und morgens – ja morgens, da stoßen sie die Fensterläden auf, und die Sonne scheint und die Möwen schreien, und unten gibt es Frühstück, ein ganz anderes Frühstück, eins wie sonst nicht, mit Speck und goldfarbenen Brötchen und noch warmer Kuhmilch. Dann hinaus, zu viert (plus Papagei oder auch Äffchen Miranda), die fremde Landschaft erkunden, auf den Berg, zum Bootshafen …

*Während die Kinder Tee tranken, sprachen sie über Hubschrauber, Polizei, mögliche Verstecke für die Kisten auf der anderen Seite des Sees* … Die Amelungs kennen so etwas ja nicht. Sie lesen das Tal der Abenteuer, das Rätsel um den geheimen Hafen, Fünf Freunde auf dem Leuchtturm und sind nicht mehr, die sie vorher waren. Es gibt einen höheren Himmel, ein reicheres Dasein, Alexander und Abel wissen nun davon, vom Frühstück in Wales am Sommermorgen, vom Baden in einer Bucht, vom Mieten eines Ruderboots …

Und von einer Schiffsreise im Mittelmeer, Inseln, deren Häfen das Kreuzfahrtschiff anläuft, in einer Kindheit eines vagen 1950, die für immer als die ganz große

Freude irgendwo hinten in Abels Kopf vorhanden sein wird. Das Schiff der Abenteuer ist von allen Bänden der scheinbar endlosen Abenteuer-, Rätsel-, Fünf-Freunde-Reihen der beglückendste. Die vier Geschwister, Cousins trödeln in den steilen Gassen eines Inselorts, und es ist ja das Wunderbarste von dem allen, daß den lesenden Zwillingen der Globus noch nicht überschaubar geworden ist, daß sie nicht *einordnen* können, ob das Korfu sein mag oder La Valletta oder Funchal und zu welchen Staaten Korfu oder Funchal zählen. Sie wissen nichts von griechischen Inseln. Aber von nun an ahnen sie sie! Dieser schmierige alte Händler, der ihnen in seinem schmutzigen Lädchen das Flaschenschiff verkauft, mit dem die verworrene Geschichte so richtig losgeht …

»Aber Sascha, es ist eine Welt von Furcht und Schrekken!« sagt ein erwachsener Abel am Telefon. »Ich fürchtete sie damals schon.« Scheinwerfer nachts über dem Moor! Schmuggler sind es, wie sich in den folgenden Nächten herausstellt. Die Kinder und ihr Papagei geraten da in etwas hinein. Jetzt erkennt man auch, daß die rundliche Frau, die ihnen morgens das Frühstück hinstellt, seltsam und verschlossen ist, mit den Schmugglern gemeinsame Sache macht. In die Ferientage brechen Angst und Gefahr. Unwägbarkeiten, Katastrophen. Daß etwas spannend sei, heißt nicht einfach, daß es gut und schön sei. Abel ist irgendwie dagegen.

Abenteuer-, Rätsel-Reihe, Fünf-Freunde-Bücher lehren ihn, daß Ungutes in der Welt lauert, Ausgesetztsein, schmutziger Regen, Schlaflosigkeit, Krankheit, Ohrfeigen und Gewalt. Die Titel der Serienbände: verlassenes Haus, verbotene Höhle ... Da ist keine schöne kluge Mutter, die rauchend am Buchmessenstand von Maximilian Dietrich Memmingen sitzt. Wieso sind nie die Eltern dabei, wenn fünf Freunde im Sommer aufbrechen und über kurz oder lang in einem unterirdischen Gang auf einen von ihnen die Taschenlampe gerichtet wird und ihn ein Mann so am Handgelenk packt, daß es schmerzt? Es ist schön und aufregend, daß keine Eltern mit sind in Wales, aber auch entsetzlich. Wer sagt denn, daß am Ende immer alles gut wird?

# Der Schnee von Nebraska

*Zuerst hatten noch Büschel schwarzen Steppengrases die grenzenlose Weite gemustert, aber mit dem Mittag und dem immer volleren Sonnenschein war auch diese letzte Unterbrechung verschwunden. Das Geblitz des Schnees ... Abend, und ein bedrückendes Grau senkte sich.*

Amelung liegt auf seinem Bett, einer einfachen Liege neben der Bücherwand, und löscht das Licht. Es ist zwei Uhr. Er kann und will noch nicht schlafen, er will dämmern. Er liegt im zehnten Stock. Zu seinen Füßen zieht sich eine Fensterfront hin, die fast die ganze Seite des Raums einnimmt. Jenseits der Glasfläche ragen gegenüber die Nachbarhochhäuser des Hansaplatzes in den Nachthimmel und die Siegessäule aus den Baumkronen.

Er ziert sich ein wenig, Tramadol zu nehmen, und tut es schließlich.

Die Bücher sind zu seiner Linken. Er kann mehrere Reihen vom Bett aus berühren, doch erstreckt auch die Bücherwand sich, wie die Fensterfront, über eine ganze Zimmerbreite und bis zur Decke, lückenlos. Im Halbdunkel schimmert das Weiß der Regale.

Er denkt nicht nach. Er denkt ohne Ziel und ohne Ordnung, schaut gewissermaßen zu, wie nach und nach das Tramadol zu wirken beginnt; noch ist es nicht der Fall. Noch ist er verkrampft, überfordert von allem, uneins mit Welt und Gegenwart. Sein Kopf ist noch voll mit tausend Kleinigkeiten, die ihn belasten und verwirren, Finanzsorgen, Angst, daß die Wohnung verkommt, Angst vor Behördenbriefen, technischen Einzelheiten, die, scheint ihm, immer unnötiger und komplizierter werden. E-Mails. Spam. Trojaner. Seine Mutter hat kurz vor ihrem Tod geklagt, sie wolle in einer Welt nicht mehr leben, in der man zwischen Firmen wählen muß, die einem den Strom liefern. Eben hat er noch mit irgendwem telefonieren müssen, mit dem er gar nicht telefonieren wollte.

Noch kann Amelung nicht froh sein. Denkt er nicht mehr an zu leistende Zahlungen, zu schreibende E-Mails, steigert er sich in solche Gedanken hinein wie die an das Flugzeugunglück in den Anden und an den Schnee von Nebraska.

Bei heftigem Schneetreiben erzählt ein Mann in einem Zug, der durch den Mittleren Westen fährt, einem anderen die bis zum Äußersten furchtbare Geschichte, die ein in dieser Landschaft niedergelassener Arzt erlebt hat. Langsam, nach und nach, ganz ruhig erzählt er sie.

*Wir hatten damals einen Winter mit reichlichem Schneefall in Nebraska; aber an diesem Sonntagmorgen schneite es nicht, es war eiskalt, und ab und zu ließ ein schneidender Windzug die verharschten Körner über die weite Fläche rieseln, dabei aber war der Himmel grau, und es sah aus, als ob der Schnee bald wieder zu fallen beginnen wollte, wie er auch in der letzten Nacht gefallen war, stetig und in ungeheurem Schweigen, wie wenn er die ganze Welt bedecken wollte.*

Es ist die Geschichte eines grauenhaften Mordes an einem Kind. Im allereinfachsten Ton erzählt der Reisende eine Geschichte, von der einem übel wird. Sie beweist, daß die Welt nicht schön ist.

*Chirurgische Instrumente, Messer, Zangen, alles mit Blut beschmiert, eine ledergeflochtene Hundepeitsche, verschiedene Rollen zentimeterdicken Taus und außerdem eine Unzahl großer und zarter Kotelett- und Geflügelknochen, die restlos abgenagt waren, über eine verwühlte rotgestreifte Matratze und über den Boden verstreut, und in der Ecke lagen in einem Häufchen die Kleider, die mein armer Chuck getragen hatte – die kleinen schwarzen Hosen, das Jäckchen und alles.*

Schnee und Blut. Als Amelung sechzehn war, spielte sich in den Anden diese Geschichte aus Grauen und Hoffnung ab, als das Flugzeug verunglückte und die Überlebenden monatelang in ihm hausten und zwei zuständig waren, gefrorene Fleischstücke von den Schenkeln der Toten zu schneiden. *Berg der Abenteuer.*

Amelung sucht doch nur nach Bildern, die ihm vorführen, daß es eine Zumutung ist zu leben!

Anfangs war es eine fröhliche Sache gewesen, als Fünfzehnjährige nach Frankfurt zu fahren. Joschka Fischer verkaufte Traktätchen in der Karl-Marx-Buchhandlung, Cohn-Bendit holte ihnen in seinem Laden im Kindergarten der Johann-Wolfgang-Goethe-Universität den Raubdruck des verbotenen Romans Mephisto aus der Vitrine. Dann verprügelte sie in den Unruhen um die besetzten Häuser zum ersten Mal die Polizei: »In die Eier, in die Eier, der Sau!« riefen die Polizisten, und später nahmen sie Fingerabdrücke und luden einen vor und jagten einem Angst ein, die von Jahr zu Jahr nicht geringer wurde.

Ach nein, Amelung ging es sein Leben lang recht gut. Er hat einmal in Syrien ein Wochenende lang im Gefängnis gesessen, das möchte er nicht wiederholen. Tilidin, Tramadol, Valium nimmt er eigentlich nie, wenn er allzu verstört ist, sondern wenn er froh ist und für den Rest der Nacht noch froher werden will.

# Aus dunklem Tann

Manchmal holen sie, wenn sie morgens der Grundschule entgegentrödeln, den Marc Namur ein; oder er holt sie ein. Er ist in der gleichen Klasse. »Bis wohin bist du jetzt gekommen, Marc?« Steckt er doch in den Schluchten des Balkans.

»Bis da, wo der Karl May einen Semel findet...« Die Zwillinge verstehen ihn nicht und lachen ihn aus. Am Nachmittag durchforschen sie die Schluchten des Balkans, begreifen, daß es um jenen Ritt ging, bei dem Kara ben Nemsi auf der Erde zuerst eine Semmel, später eine weitere findet, dann noch eine, noch eine... Und Marc Namur ist dieses Wort für ein Brötchen einfach nicht bekannt gewesen, er hat ins kalte Wasser des Lesens springen müssen, womöglich unmittelbar in die ihm geschenkten Schluchten des Balkans, ohne zu wissen – und ohne daß die schenkende Patentante wußte –, daß das der vierte Band eines zusammenhängenden Handlungsablaufs ist, der in der Wüste beginnt, durchs wilde Kurdistan führt, von Bagdad nach Stambul. Man muß versuchen, sich hineinzufinden, und Kinder versuchen es ja. Dieser Karl May ist den Zwillingen als ein großer Mythos aufgedrängt worden, das nehmen sie ernst. Man weiß nicht, was

»Affenzahn« bedeutet, man ist gezwungen, ins Leben zu springen und ins Lesen, zerrissene Micky-Maus-Hefte, deren Handlung »mittendrin beginnt«, man hat eines Tages Ror Wolf im Schulranzen und Zwei Hühner werden geschlachtet und weiß ja von nichts: ob das gut und wichtig ist, wo das einzuordnen ist...

Alexander und Abel hatten damit, wann und wie der wunderliche Reiseschriftsteller in ihr Leben trat, Glück gehabt. Da war ein Buch plötzlich da, wie eine Bombe einschlägt, ein Buch, in dessen erstem Kapitel auf einem Dampfboot auf dem Arkansas ein aus seinem Käfig entwichener Schwarzer Panther überwältigt wird! Abel war krank gewesen, ein Onkel in Bremerhaven hatte das Buch geschickt, dank einer Gunst des Schicksals war es der Schatz im Silbersee, eine in einem Band in sich geschlossene Erzählung, eine der berühmten und sogar eine der ausdrücklich »für die Jugend« geschriebenen; ein Wild-West-Roman mit Winnetou und Old Shatterhand.

Ihm folgen Dutzende. Die Eltern Amelung haben eine Putzfrau, sie heißt Leopoldine Ruff. Sie kauft den Brüdern vor Weihnachten und vor dem Doppelgeburtstag wahllos eins dieser gedrungenen grünen Bücher für gar nicht so wenig Geld, irgendeins, Der Spion von Ortry oder Die Sklavenkarawane. Sie kauft sie in der einzigen Buchhandlung, die ihr bekannt und erreichbar ist, dem Lädchen »Buch und Papier« in ihrem Vorort, gegenüber der Post. Es ist eine Schreibwarenhandlung, ein alter Mann verkauft da und eine alte Frau und ein junges Mädchen, die Brüder nennen sie Herrn Buch, Frau Papier, Fräulein Und.

Nichts hier von den üblichen Vorstellungen und Darstellungen von knäblicher Karl-May-Lektüre! Ja, wie das Wort stets lautet, Abel und Sascha verschlingen alle diese Bücher. Den Ritt über den Schott el Dscherid! Das beste von allem: Winnetou I. Nacktbeinig raufen sie nach ihrer Anleitung und mehr sogar als die meisten, denn nicht weit vom Elternhaus gibt es die sogenannte Lichtwiese, dark and bloody grounds. Anschleichen. Überfallen. Fesseln. Martern. Rauchen. Ihre Gefühle werden aber bei der Lektüre durch anderes viel mehr erregt.

Gestikulierend, einander ins Wort fallend reden sie über Karl May. Dr. Carl May alias Albin Wadenbach, auch Augenarzt Dr. Heilig und natürlichen Sohn des Prinzen von Waldenburg. Sie wissen alles über Karl May. Es ist ja eine Welt für sich.

Nein, es handelte sich gar nicht um Anschleichen, Reiten und Fesseln! Den langen Namen des Mekkapilgers hersagen können: auch das war noch das Wenigste. Doch ging die Listung der sechs Schut-Romane in die Richtung der etwas höheren Weihen der May-Bibliomanie – Weihen, die den beiden zuteil geworden waren, dem Marc Namur nicht.

Denn es gibt da in Bamberg den Verlag und seine schier endlose grüne Reihe von Büchern. Und, zunächst verwirrend, andere, konkurrierende Editionen, teilweise sogar desselben Verlags, größerformatige oder broschierte, mit Schutzumschlägen und ohne – jede in anderer Form schön und aufregend. Das Werk gilt in diesen Jahren als aus siebzig Büchern bestehend, mitgerechnet die Bearbeitung von Gabriel Ferrys Waldläufer, das ist Band 70. Alle diese Bände existieren auch als sehr klein und eng gedruckte, billige Taschenbücher von Ueberreuter. Dann ist da noch, in blauem Schutzumschlag und zu Recht heißgeliebt, eine sogenannte Jubiläumsausgabe, die bestimmte Teilreihen der Gesamtreihe umfaßt. Die stämmigen, eher kleinen Bücher der eigentlichen 70-Bände-Werkausgabe atmen eigentlich den Geist der Dinge nicht, um die es da geht, nicht wie sie gesetzt sind, nicht wie sich die Bände in der Hand halten: als wären sie klassische Gedichtbände von einer Matrone … Marc Namurs Mutter zeigt ihnen auch Exemplare aus alten Auflagen, scheinbar ganz genauso aufgemacht, doch noch »in deutscher Schrift« und in Radebeul verlegt, nicht in Bamberg, in Radebeul, das jetzt zur Ostzone gehört, die den Karl May ablehnt.

O das Blau der Jubiläumsausgabe, in dem der Schein der Lagerfeuer aufleuchtet! Schmalere, aber höherformatige Bücher sind das, viel schönere ... Man riecht auch an ihnen ... Jahrzehnte später treten die Amelungs in die Buchhandlung, die Ekkehard Bartsch in der Festspielsaison am Segeberger Kalkberg betreibt, am Rand des Freilichttheaters, das ausschließlich das Werk dieses Verrückten aufführt, und finden alle die sich ergänzenden und konkurrierenden Reihen wieder, lachen vor Freude, riechen an ihnen.

Angelpunkt ist auch hier die Frankfurter Buchmesse. Abel verläßt – werktags! vormittags! Schulschwänzer! – den Stand des Maximilian Dietrich Verlags Memmingen, an dem die Mutter mit Maximilian Dietrich rauchend beim Likör sitzt, und eilt zum Stand des Karl-May-Verlags Bamberg. Dort wie an so vielen Buchmesseständen, aber dort besonders, kann man eine Überfülle von Werbematerial in zugehöriger Plastiktüte davontragen. Vor allem zieht sich natürlich die eindrucksvolle Serie dieser klassikerhaften stämmigen grünen Edition, Band 1–70, die Hinterwand des Stands entlang. Aber drum herum ist eine Vielfalt von Hilfsmitteln zu sehen und zu haben, vom Lesezeichen bis zum großen Poster, Leporelli mit Listen bezüglich der *Reiseerzählungen,* der *Romane für die Jugend,* der frühen Schundromane, des symbolistischen Alterswerks... In allen mit einem Kreuz gekennzeichneten Titeln tritt Kara ben Nemsi-Old Shatterhand in der dritten Person statt in der ersten auf, in den mit Raute bezeichneten agiert Halef Omar, die mit Sternchen versehenen Titel spielen im Wilden Westen Amerikas... Was ist der lange Name des Hadschis gegen die Auflistung aller grünen Bände samt ihrer Spezifizierungen wie Münchmeyer-Romane und einschließlich jener ganz rätselhaften Titel wie Die Herren von Greifenklau! Auch die Namen von Büchern wie Aus dunklem Tann sind, obwohl man vermutet, daß sie unter denen zu listen sind, die in der erzgebirgischen Heimat des Autors spielen, seltsam und bleiben es, denn nie werden sie gelesen, regen nur die Phantasie an, sind wie ein Geruch, eine Farbe, eine Melodie.

Alexander und Abel: sie haben von alledem eine kindhaft aufgeregte und nervöse Kenntnis, die auch die Form annimmt, daß sie gereizt und beleidigt sind, wenn ein Mitschüler auch nur den Namen Karl May kennt oder seine Eltern oder irgendwer im Fernsehen etwas über ihn zu wissen meint. Sie sind über die just ihren Siegeszug antretenden Verfilmungen mit Lex

Barker und Pierre Brice beleidigt, speziell über komische Personen oder Dialoge im Film oder auf der Freilichtbühne, denn sie finden Karl May nicht »humorvoll«, sondern eine ernste Sache. Die unfreiwillige Komik lassen sie jedoch gelten.

Ihr pubertäres Kichern und Sich-Mokieren – wenn sie in der albernden Gemütsverfassung sind, die sie Malzbierstimmung nennen – nimmt sich die fromme Lyrik Karl Mays zum Opfer, die Romane, in denen der verrückte Bayernkönig Ludwig auftritt (Der Peitschenmüller, Der Silberbauer), die zwanghafte Aufschneiderei oder die Häufung nackter Männer auf den von Sascha Schneider gestalteten Titelbildern.

Sie wollen mit ihrem Wissen über die *Grünen Bände* in dem Quiz Zwei aus einer Klasse im Ersten Programm auftreten.

Heute lebt Alexander woanders. Abel in Berlin. Alexander hat ein großes Fachwerkhaus, von dem aus man auf die Nordsee blickt. Er verfaßt Beiträge für Radio Bremen: über Hans Wollschläger und Marah Durimeh, Ardistan und Dschinnistan, Hohenstein und Ernstthal. Ein Feature über Indianerüberfälle auf Wells Fargo durfte nicht gesendet werden, weil Terroristen Flugzeuge ins World Trade Center gelenkt hatten.

Sie telefonieren.

Sie wissen nach wie vor »alles über Karl May« und zitieren, wenn sie lange Telefongespräche führen, aus einem Schreiben Karl Mays an Professor Schneider, ob denn diese nackten Männer immer sein müßten ... Wissen, warum der Professor sich nach Italien absetzen mußte ... Staunen darüber, wie nach dem Untergang des »realen Sozialismus« der im Werk des komischen Schriftstellers immer wieder zum Thema gemachte Konflikt zwischen westlichem Imperialismus und Islam, geradezu sein ureigenes Anliegen, erneut und mehr denn damals in den Mittelpunkt allen Weltgeschehens rückt.

Alexander verdient Geld mit den Rundfunksendungen. Er bezieht sich auf Arno Schmidt. Er studiert den Silberlöwen. Er bekommt die hundert Faltblätter und Handreichungen des Karl-May-Verlags von Berufs wegen geschickt.

Abel beeindruckt seine Behauptung, man habe gar nicht Indianer sein wollen oder anschleichender und perfekt schießender Westmann, sondern: Reiseschriftsteller! Man habe solches Leben leben wollen, solche wahrgemachte individuelle Utopie, ziellos unterwegs, mal hier, mal dort und doch nicht ohne Sinn ...

Ja, niemals hat Abel getagträumt, jemanden mit einem Faustschlag an die Schläfe niederzustrecken. In Tipis schlafen müssen, mit schmerzendem Hintern in praller Sonne reiten ohne Annehmlichkeiten, ohne Schutz. Aber von diesem Unterwegssein offenen Auges und Herzens, nicht im Urlaub, sondern stets! So liebte er gar nicht die Ritte in der Savanne, die Canyons, Wigwams, Gefangenenbefreiungen, »komische« oder bluffende Dialoge, sondern recht eigentlich die allzu kurz währenden Zeitspannen *vor* dem Ritt, dem Abenteuer, den Lagerfeuernächten: wenn »der Karl May« in St. Louis ist oder vor der Abreise in den Sudan noch in Kairo. Er pflegt dann ein Hotel aufzusuchen, ein Bad zu nehmen und sich ein paar frische Hemden zu kaufen.

Und konnte es denn mehr Abenteuer geben als so einen Tag in St. Louis oder Kairo, wo man, bevor es weitergeht, ein Hotelzimmer nimmt, badet und sich ein paar frische Hemden kauft?

Leider fing »der Karl May« dann allzubald an, Westmänner oder Sachsen zu treffen, anzugeben, lustig oder fromm zu sein und die Flinten und Fäuste zu gebrauchen...

»Soll die Jugend Karl May lesen?« ist der Titel einer der vielen Drumherum-Publikationen des Bamberger Verlags, einer überschmalen Broschüre, die ein Gymnasiast namens Rainer Gagelmann zusammengestellt hat. Sie tragen sie neben all dem anderen Material in der Plastiktüte vom Buchmessenstand heim. Sie enthält nicht mehr und nicht weniger als – im Faksimile – die Antwortbriefe von Gegenwartsautoren – den Gegenwartsautoren, die der junge Gagelmann bewundert, auf deren Urteil er etwas gibt – auf seine Frage, ob denn die Jugend Karl May lesen solle. Was alle bejahen. Enzensberger schreibt ihm, er »glaube nicht, daß es jugendgefährdende Bücher gibt, und ich rate Ihnen, alles zu lesen, was Ihnen gefällt«. Hier begegnen die beiden Frau Zenta Maurina wieder, sie schreibt, daß Gagelmanns Grübeln ja doch in die richtige Richtung dränge: zu ihrem, Zenta Maurinas Werk und zu Tolstoi ...

Da ist etwas, schwer zu erklären ... Etwas, das Abel mit dem Bruder in einem doch wohl sehr langen Telefongespräch erörtern müßte. Es betrifft einen Tag der Dreizehnjährigkeit, vielleicht sogar den Geburtstag, und betrifft einen der blauen, größerformatigen Jubiläumsbände. Es ist der mit dem Ölbrand von New Venango! Abel hatte ihn soeben geschenkt bekommen, wohl von Leopoldine Ruff, als sie mittags zum Putzen kam, und er ist sehr neu und schön, und Abel hat das tiefe Bedürfnis, jedes Substantiv in ihm mit einem Bleistift zu unterstreichen! Er bricht das Unterfangen auf der dritten Seite ab ...

Ist das nicht merkwürdig? Er weiß noch heute, daß er die Substantive wählte und dachte, es könnte genausogut jedes Verb sein.

Aber was dachte er überhaupt? Das konnte doch nichts vom Denken Gesteuertes sein. Und auch wenn sich hier vielleicht schon zeigte, daß er seltsam zu werden begann, war Abel damals doch keineswegs über das übliche Maß hinaus ein Ordnungsneurotiker mit Ticks wie zwanghaftem Sortieren, dem Rösselspringen auf dem Bürgersteig oder so.

Es war die Ahnung einer tiefen Lust mit dem Unterstreichen verbunden, etwas Sexuell-Vorsexuelles, und, wie es nicht anders sein kann, ein dieser Lust nicht Genügen, die Suche heraus aus einem Verwirrtsein. Nämlich ein übergroßes Glück an den Jubiläumsbänden, dem Reihenhaften der Reihe, dem wiederkehrenden Blau des Schutzumschlags, aus dem auf diesem bestimmten Buch der Schein des Lagerfeuers leuchtete. Es war auch nicht zufällig das Buch mit dem Ritt »des Karl May« mit dem fünfzehnjährigen Harry durch das brennende Ölfeld von New Venango. Das bizarre Unterstreichen war ein verzweifelter, zum Scheitern verurteilter Versuch, das Übermaß von Schönheit eines Buchs: Ölbrand, Knabe, Schriftbild, Leinenbindung, blauer Schutzumschlag, Jubiläumsausgabe ... auszudrücken, zu bannen ...

Er stellt das Unterstreichen der Substantive ein, als nach den ersten Seiten das Schönste vorbei ist, als Shatterhand das Hotel in St. Louis verlassen und die frischen Hemden mit dem gefransten Lederwams der Prärie vertauscht hat.

## G – GG – GGG: Eine Form, die der Tod annimmt

Seine Kindheit über ist die Furcht vor Gewalt, Krankheit, Tod, Elend immer da, große Furcht. Viele Dinge beschäftigen Abel, die mit dem Sterben zusammenhängen oder ihn daran erinnern. Dazu gehören abends – nicht jedoch in der überaus beruhigenden Nacht – die hohen Berge, wenn er mit den Eltern in den Alpen ist.

Dachte er sich das aus oder dachten es sich die Eltern für ihn aus und er schickt sich als umgänglicher, zarter kleiner Junge darein, daß er eines Tages beginnt, jahrhundertealte Bücher zu sammeln? Das beginnt auf den Reisen in die Alpen.

Der Chemiker Amelung und die Autorin La Motte reisen immer, abwechselnd, mit nur einem der Söhne: in kleine Dörfer in Oberbayern oder Österreich. Da ist aber immer eine Stadt nicht zu fern, Salzburg oder Innsbruck, zumindest eine ganz kleine wie Murnau. In diesen Städten finden sich Buchantiquariate, wirkliche, nicht *moderne* Antiquariate, solche mit uralten Gebetbüchern und anderen Schwarten, deren Titel oft über eine ganze Seite geht, Sachbücher sozusagen,

»Wahrhafftige Kunde ... getreulich berichtet ... von dem Doktor ... mit einem Stich ... zum Druck gegeben in Amsterdam ...« usw. In so ein Geschäft mit bimmelnder Türglocke tritt man wie in den staubigen Laden des alten griechischen Krämers mit den dreckblinden Brillengläsern, der den Kindern und ihrem Papagei in einer Flasche das Schiff der Abenteuer verkaufte. Das aber war auf einer Insel im Mittelmeer, auf einer Kreuzfahrt an den Küsten des Lichts! Auf jeder Reise kauft Abel von seinem bißchen Taschengeld oder von den Eltern bezuschußt so ein Buch aus dem 18. Jahrhundert, um es später neben die anderen seiner Art auf ein Brett über seinem Bett zu stellen.

Diese Bücher sind ein Grauen, an ihnen zu riechen ist ein Grauen, sie bröselnd in der Hand gehalten zu haben steckt einen mit etwas Widerlichem an, man beginnt zu verwesen. Das fasziniert ihn, er haßt seine Bücher aus dem 18. Jahrhundert. Er haßt auch die nach Moder riechenden Buchantiquitätengeschäfte in Murnau, in Kochel am See, in Salzburg und Innsbruck. Sascha? Er besitzt nicht ein einziges Buch dieser Art, es ist Teil seiner Schönheit, kein solches Buch zu besitzen.

Irgendwann hilft ein Gott, daß diese Bücher und Bibeln aus Abels Leben wieder verschwinden. Auch ist da ja unterdessen ein Grüner Band aufgetaucht, in dem auf einem Dampfboot auf dem Arkansas ein Schwarzer Panther niedergestreckt wird.

Auf Karl May folgt dann Friedrich Schiller. Auf die grünen Bände Goldmanns Gelbe Taschenbücher. Abel reiht als Kind über seinem Bett eins neben das andere. Sie sind auf dem Rücken gelb. Hochglänzend. Das Papier holzig. Die Titelbilder variieren, zeigen aber oft den klassischen Dichter oder Bühnenautor selber. Denn es sind Klassiker, Stürmer, Dränger, die Abel liest und auf das Regal über seinem Bett stellt, Schiller besonders, mit dem er sich identifiziert. Er fängt in dieser Zeit an, das Wort Glük so zu buchstabiren wie Schiller und Hölderlin.

Auch Goldmanns Taschenbücher sind eine Wissenschaft für sich. Anfangs mit einem groben Leinenrükken versehen, später gelbglänzend broschiert, haben sie auf ebendem Rücken ihre jeweilige Nummer und ein G für den Einfachband (DM 2.–), GG für einen Doppel-, GGG für einen Dreifachband. Man kann auf den nächsten sparen.

Und hinten dem Verzeichnis entnehmen, welche es gibt! Abraham a Sancta Clara, Angelus Silesius, Jakob Böhme... Abel weiß nichts von diesen Namen, sie geben Rätsel auf, prägen sich ein, er liest die Wörter, spricht sie nach: Lumpazivagabundus, und der Zusammenhang von Abraham a Sancta Clara, Angelus Silesius, Jakob Böhme ist ein alphabetischer, genau mit ihnen hebt das Verzeichnis der Goldmann Taschenbücher an, in dem er Wünsche und Leseabsichten ankreuzt, *unterstreicht,* um sich mit einer Art von Welt in Beziehung zu setzen.

*Alle Buchhandlungen sowie die Bahnhofsbücherstände führen Goldmanns Taschenbücher in großer Auswahl. Ihr Einstellen in Leihbüchereien, Volksbibliotheken, Werkbüchereien und Lesezirkel ist vom Verlag ausdrücklich untersagt. Diese Karte entnahm ich dem Buch: Mein Urteil über das genannte Buch lautet: Wenn Sie auf der Rückseite dieser Karte nur Ihre Anschrift eintragen, beträgt das Porto innerhalb Deutschlands 7 Pfennig.* Hirn und Seele müssen heute einen kleinen Sprung unternehmen, sich daran zu erinnern, daß diese nun zerfleddert in Wühlkisten liegenden Taschenbücher in der Zeit, als Abel Amelung mit der Post aus München die Prospekte des Goldmann-Verlags bezieht, neu waren, vollständig neu, nach Neu-Sein duftend, beglükkend und hochglänzend neu. Gegenüber den Gebetbüchern aus Innsbruck sind sie das Leben – das Leben! Neuerschienene moderne Taschenbücher. Und doch sind die Monate, die Abel mit Goldmanns Gelben Taschenbüchern verbringt, von einer besonderen Spannung, die ihn verträumt macht: Da ist alles voll Leben und Tod zugleich.

Denn die gelben Bücher sind ja die Werke Verstaubter, Verwester, er weiß das und muß immer dran denken.

Abel liest Schiller. Schiller ist jung und kränklich wie Abel. Er ist für immer jung und kränklich geblieben. Abel kann die rororo-Bildmonographie Schiller fast auswendig. Er schaut sich auch die Bilder in ihr genau an und sieht ganz deutlich aus jeder Abbildung der Erstausgaben und jedem Panorama von Jena, wie jung, wie krank, wie tot Schiller ist. Er liest es aus verwirrenden Gedichten heraus: *Phantasie an Laura. Meine Laura, nenne mir den Wirbel, der an Körper Körper mächtig reißt* ... Er erblickt den Tod in den Zeichnungen von damals, der Tod ist allein schon darin, daß es Zeichnungen von damals sind, aus diesem Jahrhundert von Menschen, deren keiner mehr lebt. Auf einer Zeichnung reitet der auf ewig junge Schiller 1787 pfeiferauchend auf einem Esel. Auf einer »Lithographie« sieht man das elende Dorf Bauerbach, in dem der dreiundzwanzigjährige Flüchtling gehaust und Kabale und Liebe geschrieben hat (G 416, DM 2.–), diese jeden Trostes entratenden paar Hütten im Winter. Die fremden Wörter: Rötelzeichnung, Scherenschnitt, Pastellbild, getuschter Schattenriß, können Abel nicht davon ablenken, daß die grauen, unendlich traurigen Illustrationen Zeichen des Todes sind, des Todes und ununterscheidbar der Auflehnung gegen ihn, das erregt Abel. »Leicht kolorirte Zeichnungen«, die Schillers kleine Kinder zeigen, Ernst, Karoline, alle tot, und die Zeichnungen stockfleckig, so sehr stockfleckig. Und so ladenneu die gelbe glänzende Ausgabe, die Abel sich von der Braut von Messina kauft.

So verhält es sich mit der ganzen Reihe GGG! In einem Widerspruch von lebendig und tot, einem Gerade-erschienen-Sein und Sterben. Und läßt einen gewissen Abel beizeiten zu einem komischen ernsten Jungen werden, der was weiß.

Er weiß noch nicht, daß Medikamente alle Schrecken vertreiben, Tabletten und Tropfen. Die Schriftstellerin La Motte wird ihm das erst im folgenden Jahr anvertrauen. Tabletten und Tropfen, nicht zu knapp eingenommen, würden einen toten Schiller zu ewigem Leben erwecken, er weiß es noch nicht. Er will sich als nächstes Miss Sara Sampson kaufen. Obwohl es von

Lessing ist, spielt es in England und in einem Hotel, einem Ort also, an dem man keine Angst haben muß, das ist ein Trost.

# Land des Frühlings

Der Laden der Büchergilde ist am Merckplatz, etwas abgelegen von den eigentlichen Einkaufsgassen; spätestens wenn ein Quartalsband zu kaufen ansteht, gehen sie nach der Schule hin. Hier kauft ein strahlend junger flaumbärtiger Sascha Amelung, von seinem Bruder Abel begleitet, frohe Bücher, die anders sind als Abels Gedanken.

Sie wissen nichts von Rang und Anspruch gerade dieses Buchclubs, der Gilde besonderer, prämierter, allerschönster Bücher, in Kreisen derer entstanden, die etwas davon verstehen, der klassenbewußten Buchdrucker.

Sie wissen nichts von der Geschichte der Büchergilde; daß sie zur Arbeiterbewegung gehört, aus ihr heraus geboren. Nichts von den Volksbildungsidealen, an denen ihren Gründern, den Dressler und Preczang, gelegen ist: daß der Arbeiter lesen soll, »Bücher voll guten Geistes und von schöner Gestalt« ...

Sie würden sich darüber auch nur wundern, denn es war ja ihr Vater, der den Alexander bei der Büchergilde angemeldet hat, der Vater, der Leitender oder, wie er zu sagen pflegt, leidender Angestellter ist, die »Blätter für Vorgesetzte« bezieht und mit der Linken durchaus nichts zu tun haben will.

»Warum, Sascha, war unser Vater bei der Büchergilde und warb für sie? Eins der Rätsel unserer Kindheit...« Mag sein, daß der Vater selber das alles gar nicht wußte, mit dem Preczang und dem Dressler und der Buchdruckergewerkschaft, Exil und Verfolgung und daß das Totenschiff das erste Buch der Gilde war...

Für die Zwillinge ist die Büchergilde Gutenberg und ihr Lädchen am Merckplatz eine Schatztruhe schön gestalteter, oft großformatiger, in Leinen gebundener Bücher, die Sascha nach Hause trägt. Das Abenteuer nimmt seinen Fortgang, die Abenteuerreihe. Reiseerzählungen. Jack London. Karl Mays Erbe heißt B. Traven. Ein geheimnisumwobener Mensch, dessen Identität unbekannt, dessen Welt Mexiko ist. Nicht einmal welchen Vornamen das B. abkürzt, weiß jemand genau zu sagen. Wie Carl May alias Augenarzt Dr. Heilig will er allerlei verheimlichen, seine Herkunft, Nationalität, er steht für die arbeitenden Klassen und für dieses weite Land der Wunder Mexiko. Jack London für Alaska, Kalifornien, die Südsee. Es gibt eine Traven-Edition bei der Büchergilde, eine Jack-London-Edition – Reihen von Büchern, deren Design einheitlich ist, deren Titelbilder und Schauplätze in aller Welt sich vielfältig unterscheiden.

Das schönste der Länder muß Indien sein. Alexander hat alle Bildbände über Tiger, die von Jim Corbett, die von allen anderen; die über die bengalischen, die über die sibirischen. Die Fotobände der Büchergilde, die schwarzweiß Mexiko zeigen, Chiapas, San Cristóbal Las Casas, Fotografien, die Traven gemacht hat auf seiner Reise durch ein Land des Frühlings. Abel hat ein Zimmer im Erdgeschoß des Hauses, das am Alexandraweg steht, auf halbem Weg zur Rosenhöhe, gleich hinter den Jugendstilbauten der Mathildenhöhe. Alexander bewohnt ein Zimmer im ersten Stock, und in ihm sind alle die Bücher von C. W. Ceram und Jules Verne und die Bände mit Fotografien von Traven und von Wolfgang Cordan aus Mexiko. Beneidet Abel den um zehn Minuten älteren Bruder? Der die farbenprächtigen Bücher Lichtes und Dunkles Indien liest und Dschungelbuch und Das neue Dschungelbuch. Und: *Er saß, allen behördlichen Vorschriften zum Trotz, rittlings auf der Kanone Zam-Zammah, die auf ihrem Backsteinsockel gegenüber dem alten Ajaib-Gher stand – dem Wunderhaus, wie die Eingeborenen das Museum von Lahore nennen*. Für Abel ist sein Bruder der Kim, der indische, irische Junge Kim, der mit allen Wassern gewaschen ist, schließlich auch dem des Ganges, der mit einem alten Weisen den Subkontinent durchwandert und zugleich schon für die Geheimpolizei arbeitet. Länder des Frühlings! Sascha liest alles von Kipling. Er liest Abel die so rhythmischen Verse vor, die den einzelnen Geschichten des Dschungelbuchs vorangestellt sind, und bald können beide sie auswendig:

*Der Tag brach an, und das Rudel heult auf*
*Einmal – zweimal und wieder.*
*Füße in der Dschungel, spurlos und leis'*
*Aug', das im Dunkel zu sehen weiß!*
*Bleckender Fang und rasender Lauf!*
*Einmal – zweimal und wieder.*

Jahre später kaufen sie auf dem Büchermarkt am Schloß dem Buchhändler Hans Dietrich zur Megede, der ein rotes Papierhütchen trägt, einen edition-suhrkamp-Band ab, der nur davon handelt, daß Brecht das parodiert hat und Kipling beklaut und ebenfalls so gedichtet. Aber in dieser Zeit ganz zu Beginn ihrer Pubertät, als Abel bei der Deutschen Buchgemeinschaft ist und Alexander bei der Büchergilde, ist es Alexander, der nun Verse wie Kipling schreiben will und sie Abel, wenn der in seinem Zimmer im Obergeschoß zwischen den Tiger- und Traven-Büchern bei ihm hockt, vorliest:

*Sie heulten den Mond an um Beute,*
*sie jaulten heiser um Wild,*
*um Herden von Wild, das der Meute*
*den quälenden Hunger stillt . . .*

## An den Küsten des Lichts

Mit dreizehn hat jeder der beiden einen Lieblingsautor. Den er liest, den er sammelt. Wie kam es dahin? Es war wie mit den Farben, mit den Buchclubs... Für Abel ist es eine wechselnd von Melancholie und Aufschwüngen zu Glück und Trost geprägte Zeit. In diesem Herbst hat er immer leichtes Fieber.

Sein Lieblingsautor heißt Peter Bamm. Wer hat ihm das eingeredet? Die Erinnerung ist verschüttet, es wird ein deutlicher Hinweis der Autorin La Motte gewesen sein, ein Hinweis vielleicht auf eine Halblederausgabe von Die unsichtbare Flagge bei der Deutschen Buchgemeinschaft, dessen Hauptwerk, ein Buch, das damals als ein bedeutendes der Gegenwartsliteratur gilt: jener Bamm als Arzt im Zweiten Weltkrieg...

Abel weiß fast nichts über diesen Bamm. Er verwechselt ihn manchmal mit Hans Carossa. Lebt Bamm nicht in München? Er praktiziert als Arzt, das ist ziemlich sicher. Hinten auf den Büchern zeigt er sich auf einem Foto als ein bebrillter knochenkopfichter Mann. Abel kauft und liest Knaur Taschenbücher mit den geistreichen Betrachtungen eines Arztes namens Peter Bamm. Ex ovo – Essays über die Medizin. Nichts bleibt haften. Es ist auch mehr die Liebe zur Abfolge von Wörtern, von Seiten, ein In-der-Hand-Halten des Buchs, bei leichtem und angenehmem Fieber. Es ist Herbst, dann kalter April. Er reist, durch eine Sondergenehmigung vom Unterricht befreit, mit seiner Mutter, der Schriftstellerin Lara La Motte. Sie besuchen Brüssel und Trier. Er sieht das schwarze alte Römertor. Er klettert durchs Atomium. Sie sitzen in Straßencafés in Gent und Brügge.

Doch ist es keine Reise so recht unter der Sonne, mal scheint sie, meist nicht. Dufflecoat-Wetter zum Frösteln. Abel liest lauter Fischer Taschenbücher. Es sind gar nicht so viele, die er mithat, und doch ein Durcheinander. Kriminalstories von Dorothy Sayers. Eine muffige Chronik der Sperlingsgasse. Das Lied von Bernadette und eine triste Geschichte Der veruntreute Himmel. Von Jakob Wassermann Caspar Hauser. Oder Die Trägheit des Herzens. Und Else von der Tanne oder Das Glück Domini Friedemann Leutenbachers, armen Dieners am Wort Gottes zu Wallrode im Elend.

*Es ist eigentlich eine böse Zeit! Das Lachen ist teuer geworden in der Welt, Stirnrunzeln und Seufzen gar wohlfeil. Auf der Ferne liegen blutig die Donnerwolken des Krieges, und über die Nähe haben Krankheit, Hunger und Not ihren unheimlichen Schleier gelegt; – es ist eine böse Zeit! Dazu ist's Herbst, trauriger, melancholischer Herbst, und ein feiner, kalter Vorwinterregen rieselt schon wochenlang herab auf die große Stadt; – es ist eine böse Zeit!*

Nur solche Bücher liest er, man hat sie ihm als berühmte empfohlen. Überfüllte Seiten, vollgedrängt mit Buchstabenblöcken, wie früher Ueberreuters billige Reihe von Wüste bis Waldläufer. Taschenbücher, die, um Papier und Geld zu sparen, Taschenbücher sind. Abel wird von der Häßlichkeit der Fischer Taschenbücher angezogen.

Er liest ohne irgendeine *klare Linie, unspezifisch,* verrätselten Wegs; brav, was man ihm gibt, auch olle Schwarten, zerfledderte Bücher, liest sie etwas unglücklich. Er findet auch die hinter dem Gummibaum im Wohnzimmer der Amelungs verstaubenden alten Nazi-Bücher. Edwin Erich Dwinger und Die dreizehn Bücher der deutschen Seele. Es gelingt ihm nicht, sich vorzustellen – und das wäre ihm wichtig –, daß Uhland-Gesamtausgaben und alte Gebetbücher jemals neu waren... Alexander ist in diesen Monaten irgendwie woanders, das Obergeschoß des Hauses an der Rosenhöhe weit entfernt... Über all dieser Lektüre liegt eine Trauer und Traurigkeit, Katholisches, ungut Verwirrendes, oder die Bücher sind langweilig und für Altkluge, wie die Essays dieses Bamm. Während Sascha mit Rudyard Kipling lebt und von Götter Gräber und Gelehrte erzählt, kreisen Abels Gedanken also um einen Schmarren von einer alten mährischen Magd, deren Neffe sie ausnützt, Marienerscheinungen, kranke und tote Kinder, Geschichten, die ihn nichts angehen und so ernst machen. Das Schönste ist noch, in Brüssel Dorothy Sayers zu lesen, im Ehebett mit der Mutter im Hotel. Die Mutter ist lustig, manchmal albern, und sie lachen über »das gedrechselte Ding«, irgend etwas Unnötiges aus Holz, das sie, kriechend, unter dem eichenen Hotelzimmertisch gefunden und emporgeholt hat. Dabei ist sie eigentlich krank, sowieso immer ein bißchen und eben jetzt von einer unheimlichen schweren Krankheit halb genesen, die sie sich in Attersee am Attersee geholt hat und wegen der sie nicht, wie so lange voller Vorfreude geplant, mit Abel an den Lago Maggiore reisen konnte, der nur deswegen ganz für sich Italienisch gelernt hat.

Die Mutter liest Angélique und liest Wendekreis des Krebses und erzählt kichernd, sie habe in der Gutenberg-Buchhandlung am Luisenplatz unterschreiben müssen, daß sie am Wendekreis des Krebses nicht Anstoß nimmt. »Dabei habe ich das Wort Ficken schon vorher gekannt!«

Sie nimmt eine ganze Palette von Medikamenten, willkürlich mal die, mal jene, wie es scheint, Abel schaut abends im Hotelbett fasziniert dabei zu. Und an einem dieser Abende, in einem Dorf an der Mosel, setzt sich die Pensionswirtin, eine Frau Hammes, an das Bett, in dem Mutter und Sohn Amelung-La Motte Bücher lesend ruhen, und fragt in rheinischem Tonfall: »Wozu ist die Tablette hier jut? Und wozu die da?« und schluckt sie dabei bereits ungebeten.

In dieser Nacht verrät Frau La Motte ihrem Dreizehnjährigen ein Geheimnis. Daß ausschließlich Kriminalromane eine nachts aufkommende Furcht vertreiben können. »Rede nicht unnötig darüber, auch nicht mit deinem Vater, wenn's geht, nicht mal mit Sascha«, sagt sie auch, als Abel vor ihren Augen nachts in Brüssel, fast wie jene Frau Hammes, doch viel unsicherer, aus dem Kulturbeutel der Mutter mit Wasser aus dem Zahnputzbecher ein Diazepam und ein Tramadol einnimmt. Am nächsten Vormittag ist er etwas müde, aber die Traurigkeit aus den Fischer Taschenbüchern kommt nicht an ihn heran, und die Grande Place findet er mit ihren Cafés überaus tröstlich.

Er ist intelligent genug zu begreifen, daß diese Chronik der Sperlingsgasse gar nicht nur muffig ist. Jubelt innerlich in den Momenten, wenn in der Handlung, in der Abfolge der Sprachbilder ein Umbruch, ein Aufschwung, ein Schuß von Serotonin, ein Aufreißen des Regenhimmels erfolgt, wie wenn Diazepam zu wirken beginnt. Man könnte nicht ausschließen, daß aus ihm selber später ein Künstler wird.

Herbst des dauernden leichten Fiebers. Abel sitzt in den Wartezimmern von Internisten. Er liest dort Bücher, die er sich mitbringt, und es gibt sogar Streit mit den Sprechstundenhilfen, weil er sie ins Behandlungszimmer mitnimmt. Die Mutter hat ihm historische Romane von Ganghofer aufgedrängt, Knaur Taschenbücher. Glänzendes großflächiges Titelbild, oben ist für den Namen des Autors und den des Buchs ein großzügiger weißer Streifen ausgespart. Die Trutze von Trutzberg. Der Mann im Salz. Die Martinsklause. Der Klosterjäger. Beunruhigende drastische Dinge aus roher Zeit und Hochgebirge, eine Abenteuerreihe.

Dann Chesterton. Erschienen bei Knaur. Zur Zeit liest er Knaur.

Er sitzt im Wartezimmer und liest seit gestern ein Knaur Taschenbuch von Peter Bamm. In jenem großzügigen weißen Streifen oben der Titel An den Küsten des Lichts. Er liest es unkonzentriert, aber sehr gern. Er versteht auch vieles gar nicht, weil es sich auf Mythologisches bezieht, *Schaumgeborenes,* das die Quarta A des Prominentengymnasiums, das Alexander und Abel besuchen, noch nicht gehabt hat. Er kann An den Küsten des Lichts so ungenau lesen, weil nichts oder fast nichts geschieht. Es ist ein Buch über das *klassische,* mykenische, dorische, ionische, attische, römische Mittelmeer; ein Reisebuch. Sein Titel weckt so viel Hoffnung. Das halbe Fieber macht ihn euphorisch. Nie ist er so euphorisch wie in diesen Wochen. Er liest auch, weil er mit der Mutter nach Italien will, Eckart Peterichs Bücher über Italien. Der schreibt von einem unangenehmen Nachmittag auf der Piazza della Signoria, in den von einem Augenblick auf den andern die Aprilsonne durchbricht und alles ändert. Das ist, was Abel denkt, wenn er, mit sich allein, An den Küsten des Lichts murmelt. Die in die Reisebücher eingerückten Fotoseiten sind schwarz und weiß. Der Durchbruch der Sonne in Italien ist schwarzweiß, wie die Fotografien in den Reiseführern von Grieben, und deshalb ist Italien so schön. Er kennt das ja vom Schiff der Abenteuer. Er tagträumt, daß er mit den andern und dem Papagei auf einem großen Luxusschiff an diesen Küsten reist, mit den andern und dem Papagei in Korfu, Tanger, Funchal unter der Mittagshitze in die steilen Gäßchen losgeht, um abends wieder an Bord zu sein, datumlos, jahreszahllos. Kinder auf Eseln. Flaschenschiffe in verstaubten Kramläden.

Dann wird er vierzehn sein, eine Lust wird in ihm erwachen! Er wird Zeuge und Hauptperson eines Befreiungsschlags sein in den Regenbogenfarben der edition suhrkamp, Umschlaggestaltung Willy Fleckhaus. Die Buchhändler werden einen Büchermarkt am Schloß veranstalten und rote Papierhütchen tragen.

# Engelsbrücke

Sonnengefärbt und mitteilungsfroh ist Sascha aus Rom zurück! Man hatte nach drei Wochen gar nicht mehr gewußt, wie er aussieht (... fast wie Abel selber natürlich...). Ostern. Ein dreizehnjähriger Alexander Amelung ist mit seinen Eltern zurück aus Rom.

Er hat einen kleinen Pubertätsschub hinter sich. Er hat ein Hemd an, das er vorher noch nicht hatte. Er hat Bücher und Bilder und Mitbringsel aus Rom. Dichtgedrängt sitzen Abel und er im Zimmer des Zurückgekehrten beieinander, weil Abel ein ganz besonderes Bilderbuch gezeigt bekommt. Es ist ein sehr buntes Büchlein in Postkartengröße und enthält Bilder der Hauptstadt Italiens, eins nach dem andern weiterzuklappen wie bei einem aufstellbaren Kalender. Die kolorierten Fotos nun zeigen Örtlichkeiten der Stadt, Plätze, Hügel, Gärten, Foren und Triumphbögen in ihrem heutigen Zustand – und, wenn man eine Folie darüberklappt, in ihrem gewesenen der Zeit des Caesar oder Augustus! Haargenau dieselbe Stelle unter haargenau demselben Blickwinkel. Und diese Folie ist raffiniert! Sie ist an manchen Stellen durchsichtig – da wo die Bauten der Römerzeiten ganz oder teilweise noch wie damals stehen – und an den Stellen nicht, wo sich die alten Paläste und Tempel und um sie her das Alltagsleben von damals als Schicht über die Ruinenparks der Gegenwart legen müssen.

Und Sascha hat noch ein Kleinod mehr. Einen dezenten Bildband eher kleinen Formats, Menschen in Rom, schwarzweiß. Die Brüder sind verliebt in diese Fotografien, diese Leute des Jahres 1960 in den tabacchi-Trafiken und Bars, die Marktfrauen, den Priester auf der Vespa. Alexander sieht in ihnen eine Art stilisierte Hommage an sein Erlebnis dieser drei Wochen. Abel erschafft sich mit ihnen ein schwarzweißes Traum-Italien herber Alltagsästhetik mit seinem schönen Bruder inmitten.

Alexanders *Lieblingsautor* zu Zeiten des Peter Bamm ist Marie Luise Kaschnitz. Sie lebt in Rom. Nach und nach kauft er sich alle ihre Bücher, eines heißt Engelsbrücke, zeigt auf dtv-Weiß Engelsburg und Engelsbrücke und gehört also zu Alexander, der in dieser Zeit von Mutter und Bruder der Engel genannt wird. Wieder weiß man eigentlich so wenig. Frau Kaschnitz, von Haus aus vielleicht Frankfurterin und also ganz aus der Nähe dieser Kindheit auf der Rosenhöhe, gehört irgendwie zwischen Le Fort und Huch und Bachmann und Wohmann. Sensibel sei sie und aufrichtig, steht hinten auf den Büchern, eine ernste

Stimme derer, die Krieg und Nazizeit nicht vergessen wollen. Sie ist wohl jemand wie ihre Mutter, eine Schriftstellerin und warmherzig, an die sich ihre Zwillingssöhnchen im Bett kuscheln dürfen, sollte sie welche haben. Und ihre Bücher sind schön, heißen Lange Schatten, Überallnie, Wohin denn ich, Abel ist stolz darauf, daß sein Bruder alle ihre Bücher besitzt und daß Marie Luise Kaschnitz dessen *Lieblingsautorin* ist. Könnte Alexander ihr in Rom nicht begegnet sein: ihr und Henze und Bachmann und Max Frisch?

Gelesen hat Abel, wenn er im Zimmer seines Bruders einmal allein für sich ist und die Bestände an Tiger- und Traven-Bänden sichtet und träumt und blättert, von Kaschnitz nur ein paar Gedichte und eine Kurzgeschichte, Wer kennt seinen Vater, die beide Brüder mit ihrem ihnen halbwegs fremden Vater, dem Chemiker, in Verbindung bringen, und eine andere, die Das dicke Kind heißt, und das dicke Kind ist am Ende sie selber.

»Ist es nicht eigentümlich?« fragt er seinen Bruder am Telefon. »Wenn ich heute Erinnerungen an diese *Tage Tage Jahre* aufschreiben wollte, dann ginge das nur, wenn ich sie nicht *auffrische* und etwa aus dem Vagen Genaueres mache! Recherchieren? Durch meine exaktere Kenntnis das verträumte Gespinst auflösen? Es ist

Teil der Aura um die Hornissen und den Hausierer, daß ich partout nicht mehr weiß, was das für ein Hausierer war oder was es mit den Hornissen auf sich hatte... Was in Kaschnitz' Büchern vorkommt... Welche Inselhäfen, die zu welchen Mittelmeerstaaten gehören, das Schiff der Abenteuer angelaufen hat: also welche Sprache der Junge auf dem Esel redete, der den Kindern nicht Auskunft zu geben vermochte...«

»Man weiß nicht einmal mehr«, argwöhnt der Bruder, »ob man diese Hornissen je gelesen hat.«

»Die Aura ist Patina«, versucht Abel die Beobachtung auf den Punkt zu bringen, »die Zeit, die darüber hingegangen ist. Was ich noch weiß, ist von dem Glück, wie die Bücher sich anfühlten, was ich noch weiß, ist, sie in Händen gehabt und am jeweiligen Stil der Taschenbuchreihen Lust empfunden zu haben.«

»Dann«, antwortet Alexander, »wäre es ja ganz dasselbe mit Schallplatten von damals, Fernsehserien, Möbelstücken... Lamplight! Massachusetts! Augsburger Puppenkiste!«

»Ja«, sagt Abel. »Nein.«

Kein Wunder daß jenes 1960er Buch Die Glocken von San Marco heißt: das von Geno Hartlaub, das Abel vierzig Jahre später in einem Antiquariat findet und, weil es den Büchern ihrer Mutter im Dietrich Verlag Memmingen so gleicht, seinem Bruder schickt! Die Mädchen von Viterbo. Das Buch von San Michele. Der Hund von Torcello. Sascha ist fast vierzehn, und sein *Lieblingsautor* ist gar nicht mehr Marie Luise Kaschnitz, sondern Hans Bender.

Der Dreizehnjährige mit den Kurzgeschichten Hans Benders... Zeit, die nicht wiederkehrt, nicht die Kindheit, nicht die Vespa-Jahre Italiens. 1950 ... 1960 ... Ein aus den Osterferien in Rom zurückgekehrter Junge, der jetzt in der Quarta des Ludwig-Georgs-Gymnasiums einen Diavortrag hält und nachmittags Hans Bender liest.

Der Band des Modernen Buchclubs heißt Mit dem Postschiff und enthält Geschichten im einfachsten, bescheidensten Ton der Welt. Davon, wie Italien damals war und wie die Jugend und die erste Liebe. Jurkas Jahre dagegen sind die vier Jahre, die ein halbwüchsiger Jurka mit der Hitler-Armee (in ihr der Soldat Hans Bender) ostwärts und wieder zurück und heim zu ziehen gezwungen wird – und denen dann vier Jahre folgen, die der Soldat Hans Bender in Jurkas Heimatland gefangen bleibt. Dort in der sowjetischen Gefangenschaft ist die Kurzgeschichte Die Wölfe kommen zurück angesiedelt, die die Zwillinge wunderbar finden. »Die Wölfe kommen zurück. Sie wittern den Frieden.«

Aber eben auch diese italienischen und südwestdeutschen short stories, die so Abende erwecken, an denen man eine Jacke anzieht, weil es doch etwas kühl ist und traurig, und man ist vielleicht verliebt und unverstanden. Kirmes auf Dörfern. Etwas zu stille Weindörfer. Die Käuzchen auf dem Lande. Das Postschiff auf eine italienische Insel im leicht fröstligen Abend, die Ahnung von einer Liebesgeschichte. Ein Ehepaar in Venedig. Viel mehr als diesen Zauber weiß man gar nicht: obwohl die kleinen Geschichten Hans Benders – und die von Josef Reding – und die von Ilse Aichinger – und die vielen Hörspiele von Stimmen und Träumen – die von Eich – die von Kaschnitz – auch in ihrem Deutschunterricht gelesen werden; nach diesen Zeiten und Seiten sehnen sie sich später. Nach 1963. Nach der Kindheit auf der Rosenhöhe, als es außerhalb jeder Vorstellungskraft lag, in Deutschland könnten Mohammedaner leben oder die Polkappen könnten schmelzen.

Die Brüder Amelung sind einander sehr zugetan. Sie sind in Mitschüler verliebt, aber darüber reden sie nicht. Und sie lieben die Kurzgeschichten Hans Benders im Modernen Buchclub, die solche Dinge erzählen.

Alexander ist, ohne damit anzugeben, von beiden der stolze Besitzer der Stimmen-Hörspiele, der Bücher von Kaschnitz und Bender und Eich, von Leinenbänden, die schwarzweiß Rom und Mexiko zeigen! Bald werden die Zwillinge fünfzehn sein und werden Bernward Vespers Voltaire Flugschriften abonnieren. Ein Wunder, daß Alexander seine Bildbände von Corbetts Tigern und von Menschen in Rom und die Bücher von Hans Bender nicht weggeben wird.

## Weihnachten in Cochinchina

Tramadol ist ein zentralwirksames Schmerzmittel aus der Gruppe der Opioide, das Abel in Form von Tropfen einnimmt. Er hat sie in einer kleinen Flasche mit Dosierpumpe, deren Pegel natürlich leider immer weiter sinkt. Die Tropfen werden vermittels eines Mechanismus im Deckel in Hüben ausgeworfen, »ein Hub enthält circa 12,5 mg Tramadolhydrochlorid«, und infolge dieser Hübe wird sogar der Schnee von Nebraska erträglich, schön, wie unverschmutzter Schnee eben ist. Schnee von Nebraska wird zu einer Erzählung von Joachim Maass, die atemberaubend gut ist. Man beginnt nach und nach in den Adern zu fühlen, wie gelungen, wie vollendet, wie schön diese Erzählung ist. So furchtbar, und doch will man so erzählt bekommen! Dieser Maass, von dem man vorher nicht wußte, war ein Deutscher der Thomas-Mann-Generation, der nach Amerika gegangen ist, und in seiner Geschichte vom Schnee von Nebraska hat er es vermocht, den Zwillingsbrüdern Amelung etwas von Amerika zu erzählen: in Bildern, die sich ihnen offenbar für immer eingeprägt haben. Abel liebt ihn darum. Der Eisenbahnzug, der Speisewagen, einbrechende Dämmerung. Ein Arzt. Die allzugroße Schönheit seines Kindes. Die flache Weite des Mittleren Westens. Folter und Stille. Blut auf Schnee. Aufs Tramadol ist vorläufig Verlaß.

Das ist ein Januarschnee, denkt Abel, die Kopfkissen so an die Wand drückend, daß er bequem gegen sie sitzen kann, im Bett, unter der Decke, die Füße gegen das wandweite Fenster über dem Tiergarten, das ist kein Weihnachtenschnee in dieser Erzählung. Auch damit ist er einverstanden. In den Geschichten, die er für ein Weihnachten-Buch auswählen würde, ist von Schnee nicht die Rede. »O je, 's ist Früchtekuchenwetter ...« sagt diese verrückte Tante zu dem verrückten kleinen Jungen, der natürlich Truman Capote ist: das ist windiges Wetter, »der Anbruch eines blätterkahlen, vogelstummen Wintermorgens«, an dem der verrückte Junge und die verrückte Tante Drachen steigen lassen. Ob Sascha diese Weihnachtsgeschichte überhaupt kennt? Abel wird ihn deswegen gleich anrufen, es ist ja erst gegen zwei Uhr nachts.

Sascha war es, der ihm irgendwann Weihnachten in Cochinchina gegeben hat, so wie er ihm irgendwann den Schnee von Nebraska gezeigt hat. Eine makellose Prosa von nur drei oder vier Seiten, die von dem Schülerchen Joseph Roth am letzten Schultag des Jahres berichtet, statt in die Schule geht er an diesem Tag mit den anderen ins »Weltpanoptikum«. Abel muß sie nun natürlich hervorziehen und überfliegen und voller Bewunderung vom Besuch des Weltpanoptikums lesen.

*Drinnen erschienen Bilder aus Cochinchina. Der Himmel war blau, unendlich, strahlend ... Nach dem zweiten Bild wußte ich nicht mehr, daß draußen Dezember war und Regen in gasförmigem Aggregatzustand in der Luft. Die Sonne rann aus dem Kasten durch die Augen ins Herz und gleichzeitig in die Welt. Unbeweglich wie eine Art Naturtürme ragten riesenhohe Palmen und warfen einen kurzen, mittäglichen Schatten, der sich scharf und schwarz auf dem gelben Boden abzeichnete. Weiße Männer in Tropenhelmen standen da wie eingeklebt, mitten im Gehen aufgehalten, ein Fuß schwebte immer noch in der Luft – und man glaubte, er werde die Erde berühren, sobald das nächste Bild erschienen wäre. Man sah halbnackte Eingeborenenfrauen mit erregenden Brüsten, wie schöne, bronzene Kegel, die allzu schnell verschwanden, und mit blauen Lendenschurzen, die gewiß abgefallen wären, wenn man die Bilder hätte halten können ... Sooft ein neues Bild erschien, räusperte sich etwas im Kasten, wie in alten Uhren, ehe sie schlagen. Dann erklang ein leiser, heller, lieblicher Gongschlag. Dann erfolgte eine leise Erschütterung, es bebte das Gefüge des runden Apparates, als ächzte er unter der Mühe, so viele fremde, ferne Welten heranzuholen.*

Was ist es, das diesen Menschen, der mit den Füßen zum Fenster über dem Tiergarten auf einer Polsterliege ruht, so glücklich macht? Wörter, die für eine weite Welt stehen. Es hat sich nichts geändert. Er hat sie alle: die alten rororo-Bände, die den Deutschen ums Jahr 1960 in so verwunderlicher Zahl nach Cochinchina führen wollen, die von niemandem mehr gelesenen Bücher von Pearl S. Buck und Jean Hougron und Richard Mason und Frederic Prokosch.

Die Bücher Karl Mays, zu Dutzenden, befinden sich außer Sichtweite im Vorraum.

Wie er an Nachmittagen neugierig im Bücherzimmer der abwesenden Eltern herumschlich, da hieß ein Buch »Die Leute von Peyton Place«. Er hatte nicht die geringste Ahnung von dem Buch, den Leuten, wo das spielt, was das ist... Und hat bis heute keine! Nur der Titel blieb, das Rätsel, die Schönheit, die Phantasie.

Wirkt Tramadolhydrochlorid schon so erfreulich? Oder sind es die Wörter? Abel weiß, auf Höhe seiner Kopfkissen, aber weit oben an der Wand, stehen überaus hübsche dünne weiße dtv-Bändchen mit kleinen Romanen von Joseph Roth, Die Flucht ohne Ende, Hotel Savoy. Zur wandweiten Fensterfläche hin stehen die Bücher von Marguerite Duras, der Gedanke an sie ist gut. Ganz klein, grün, broschiert: Hiroshima mon amour. Umschlaggestaltung Willy Fleckhaus.

Im Spektrum des Regenbogens eine Farbnuance daneben, von niedlicher Größe, broschiert, *M. D.* von Yann Andréa: erzählt von ihm und ihr und dem Alkohol. Amelung vergöttert Duras um ihr Süchtig-Sein.

Daß sie so häßlich, so schön ist. Er liebt die Orte der Marguerite Duras, das ist ein weiteres mageres Bändchen, Michelle Porte im Gespräch mit Duras, eingefügt uralte unscharfe Fotos. Sadec am Mekong. *Das ist eine Kalesche, in der wir abends in Vinh Long ausfuhren. Ich erinnere mich, wir kamen an einem Lazarett vorbei, und dann durchquerten wir Reisfelder, und wir fuhren am Mekong-Ufer zurück. Es wurde schon Nacht, wenn wir heimkamen.* Amelung hat schon wieder Licht gemacht und liest diese Wörter. Ein wunderbares Gefühl breitet sich, offenbar durch die Adern, in seinem Körper aus.

Er zieht den Liebhaber aus Nordchina hervor, der neben India Song und neben dem Liebhaber steht. Das ist das schönste Buch, das er kennt. Voll Furcht und Schrecken und Bildern und Redundanzen, Lachen, Weinen, Grammophonplärren, gewalttätiger Liebe. Es ist die Geschichte vom Liebhaber, noch einmal erzählt, noch besser erzählt, das radikalste Buch von allen, die in der weißen Wand stecken. Noch einmal das Mädchen mit dem Hut auf der Fähre, der reiche junge Chinese, sein Auto, sein Chauffeur, das ebenerdige Zimmer in Cholen, die Mutter, der böse Bruder und der geliebte Bruder. Die Mitschülerinnen. Das Schulgelände am Abend. Armut. Prostitution. Geld. Amelung knipst das Licht wieder aus und ruft, da es erst halb drei ist, seinen Bruder an. »Ich bin's. Hast du je den Liebhaber aus Nordchina gelesen? Das mußt du unbedingt und bald! Nein, nicht der Liebhaber! Es ist derselbe, aber ein anderes Buch. Aus Cochinchina! Das schönste Buch, das ich kenne! Voll Furcht und Schrekken, Lachen, Weinen, Geld und Gewalt. Voll von Liebe. Das radikalste Buch der Welt.«

# Vogel Kreuzberg erkundend

Alle Siebzehnjährigen fahren nach Berlin. Sie sind schon begeistert, bevor es losgeht, weil sie so viel davon gehört haben und weil ja schon die Anreise ein Abenteuer ist, die Stunden auf der Transitstrecke, Stunden, in denen man nur ganz langsam fahren darf und durch einen Staat, der nicht fremdartiger sein könnte, wäre er am anderen Ende der Welt.

Nicht anders als all den anderen Halbwüchsigen ergeht es ihnen damit. Die sind zum Beispiel Schüler oder nichts mehr oder noch nichts und fahren per Anhalter oder in den Autos entfernter Bekannter, die schon älter sind und in der Stadt, die eine Insel ist, studieren, eine lange Tagesreise dorthin. Das heißt aber auch, daß man unweigerlich nachts ankommt, die Insel erst in der Dunkelheit erreicht, nachdem man in wachsender Dämmerung das eintönige, ermüdende Birkenmeer durchfahren hat. Das gleißende Stadttor heißt Dreilinden, und nun ist man wieder an Land und im Licht aus tausend Fenstern und fährt wieder schnell, zwischen den Bussen, die man bewundert, weil sie zwei Stockwerke haben. Zugleich empfindet man nie, hier den Boden des Festlands zu treten, es ist alles zu anders, nicht nur die Busse, die Straßen sind Schneisen, manchmal Schluchten, und manche liegen in ungekannter Dunkelheit, und steigt man steifbeinig aus dem Wagen, riecht die Luft nach Ofenheizung und ist sehr kalt, wie man das hüben nicht kannte. Den man besucht, wohnt in einem zweiten oder gar dritten Hinterhaus, zu dem man im Dunkeln tappt, wenn nicht ein Minutenlicht eine verblassende Schrift auf einer Brandmauer erhellt: Reklame für Briketts, jahrzehntealt. Dann freilich sitzt man bei dem entfernten Bekannten, der hier studiert, im Hinterhaus, im Seitenflügel, und berät den Ausflug für morgen, immer längs der bekritzelten Wand, die dies alles umgrenzt, den Ausflug in der klirrenden Kälte, zweierlei Geld in den Hosentaschen.

Wohin gehen die Zwillingsbrüder im großen Berlin? Man muß sich ungefähr orientieren. Was kennt man? Quartbücher, Quartplatten. Sie wandern fußwund die Straße des 17. Juni bis zur Siegessäule entlang und weiter bis zum Reichstag. Sie stehen etwas verloren im U-Bahnhof Hansaplatz vor dem Gripstheater, weil in dieser Zeit, wer gegen die *Herrschenden* ist, für Kinder- und Jugendtheater sein muß – eine Sache im Schnittpunkt von Revolution, Pädagogik, Sexuellem. Auch sind sie ja selber noch Jugendliche. Und das Theater hat irgendwie mit dem Wagenbach Verlag zu tun.

Auf dem Steinplatz treten sie in eine Buchhandlung, um die Bücher, die sie kennen, zu finden, aber in der Stadt, wo sie hingehören. Sie selber gehören aber vorläufig gar nicht hin. Berlin ist sehr kalt, sehr fremd, anziehend zugleich, ruppig, riesig, isoliert. Im Bahnhof Zoo ist auch eine Buchhandlung, in der alle Bücher so wirr durcheinander und übereinander gestapelt liegen, daß sie meinen: hier sind wir wohl richtig. Diese Empfindung wird durch den Stadtstreicher, der sie in der am Mittag fast dunkel düsteren Bahnhofshalle anlabert, nur gesteigert: »Habt er nich ma ne Mark uff ne Bockwurst für mich und mein Bruder? Sehn uns eben zum ersten Mal, wo er jetzt ausm Knast raus is ...«

In Berlin haben alle diese farbigen Vögel ihr Nest, die trunksüchtigen Autoren, deren Stimmen auf Wagenbachs Quartplatten zu hören sind. Wer nicht an der Rosenhöhe wohnt – »Guten Morgen, Herr Krolow ... Guten Tag, Herr Nossack ...« –, haust in Kreuzberg-Moabit: all diese Pornographen und Schriftsteller, die die Zwillinge noch mehr feixend bewundern, als sie die Buchhändler Schlapp und Warnebold feixend bewundern (und beklauen). Dies aber hier ist nun eine Söhnegeneration: »diese jungen Schnösel – ein Thomas Bernhard, ein gewisser Genet ...«, Vater Amelung und Frau La Motte ganz unbekannt, auch wenn manche hier die Onkel der Amelung-La Motte-Kinder sein könnten. Endlich, endlich sind sie in der Stadt, in der Günter Bruno Fuchs und Robert Wolfgang Schnell saufen, in der Bernward Vesper seine weißen Hefte mit dem Vitruvschen Menschen sowohl im Kreis wie im Quadrat auf dem Titelblatt herausgibt, deren sie jedes besitzen. Für sie ist die ganze halbe Stadt der Wagenbach Verlag.

Deshalb laufen sie durch Friedenau. In der Niedstraße stehen das Haus von Grass und das, in dem zu Uwe Johnsons Leidwesen die Kommunarden Pudding-Attentate vorbereiten, fast nebeneinander. Sollen sie bei Wagenbach klingeln? Es ist doch gar nicht so lange her, daß sie bei den »Lieben Genossen« den Roten Kalender en gros bestellt haben – er hat den Ensslin-Schülerkalender Abels und den Komm-mit-Kalender Alexanders abgelöst – und ihn auf dem Schulhof vertrieben haben, bis die Polizei kam ... Und der Dieter Forte, als er in der Aula des Ludwig-Georgs-Gymnasiums sein Theaterstück von der Einführung der Buchhaltung vorstellte, den kleinen Abel gelobt hat, der Martin Luther einen Scheißer nannte.

Noch ist es ein paar Jahre hin, bis sie sich öfter in Berlin zeigen und sich dazu- und dazwischendrängen, um mit Jürgen Fuchs und Hans Christoph Buch und

Johano Strasser gesehen zu werden. Sie sind siebzehn. Sie suchen sich Peter Schneiders Nummer aus dem Telefonbuch und rufen den verkatert Ungehaltenen morgens um acht an und wissen noch nicht, daß in West-Berlin erst nachmittags gefrühstückt wird.

Sie fahren an den Wannsee zum Literarischen Colloquium, da spricht Abel auf der Herrentoilette einen türkisch aussehenden Dichter an, ob er nicht Aras Ören sei. »Oskar Pastior«, stellt der sich aber an der Pißrinne vor.

Im Rathaus Tempelhof werden Holzschnitte von Günter Bruno Fuchs ausgestellt, man kann sie kaufen, sie wollen kaufen, eins dieser Bilder wollen sie kaufen! »Taugenichts inhaftiert« oder, noch lieber, »Vogel, Kreuzberg erkundend«. Das *Postscheckamt* ist gleich an der Ecke, da eilen die Brüder hin mit ihrem *Postsparbuch,* doch als sie zurückkommen, klebt ein kleiner roter Punkt unter dem Kreuzberg erkundenden Vogel.

Sie bedauern – weil ihnen nun alles zu ernst wird – das Schisma zwischen den Kollektiven des Wagenbach und des Rotbuch Verlags, eine Spaltung, bei der aus einer Taschenbuchreihe, die bei Wagenbach neben die Quarthefte getreten war, ein eigener Verlag wird. Sie laufen auch die Potsdamer Straße entlang, auf der zwischen den Döner-Läden die Huren stehen. In der Potsdamer Straße sind nun die Räume des neuen Rotbuch Verlags. Eine atemraubend fremdartige und schön häßliche Schlucht ist diese Straße, westlich von Dreilinden hat man so was noch nicht gesehen.

Sie denken, daß die vom Rotbuch Verlag, weil sie den radikaleren Standpunkt vertreten, wahrscheinlich recht haben. Aber die fadengebundenen Quarthefte, die wie das Material zu Filzpantoffeln aussehen, haben sie doch so gern gehabt im Sommer des Büchermarkts rund um das Schloß. Johannes Schenk und Johannes Bobrowski. Und Jakov Lind, den sie mit einem kleinen bärtigen Referendar an ihrer Schule gleichsetzen.

Dann sind da ja auch die Quartplatten, auf einer trägt Günter Bruno Fuchs seine Geschichten vom Erlernten Beruf eines Vogels, von Kreuzberger Polizisten und Pennbrüdern vor. Die Zwillinge können die »Geschichte von der Anfrage des Fleischers einer Bestellung wegen« ganz auswendig und im deklamatorisch-berlinischen Tonfall des Resonanzbodens namens Fuchs vortragen.

*... Ich meine, wie Sie wollen, aber ich schlage mal vor: Nehmen Sie gemüschte Platten, sagen wir einfach zwei Drittel*

*Blut (also preisgünstig noch immer!) und ein Drittel sonstigen Aufschnitt . . .*

Es gibt nur eine Handvoll Quartplatten, eine von ihnen, eine ganz besondere, hat Abel Amelung gleich bei Erscheinen bei den Buchhändlern Schlapp und Warnebold gekauft: Vier neue Lieder Biermanns. Drei Kugeln auf Rudi Dutschke . . . Lieder vom Frühling im roten Prag . . . Diese Schallplatte ist eine von der Art die man damals Single nennt, klein und zu je zwei Liedern auf Vorder- und Rückseite. Das Cover und ein beigefügtes Plakat zeigen Wolf Biermann, seine Drahtharfe in Händen, überlebensgroß halb hinter, halb überm Dach des Bahnhofs Friedrichstraße, dem Eingangstor zur *erdabgewandten Seite des Mondes,* der anderen Welt, deren gleichsam einziger jungen Westdeutschen bekannte Bewohner Wolf Biermann ist. Wo blieb diese Quartplatte 3, 17 cm, 33 UpM, DM 8.–, die sie im Elternhaus scheppernd und überlaut erklingen ließen? Abel muß sie weggeschmissen haben. Sascha hätte ihre bleibende Schönheit erkannt oder geahnt und sie aufbewahrt, sie befände sich noch heute in seinem Haus an der Elbe.

# Märkische Forschungen

»Denn in der Tat«, sagt ein erwachsener Sascha zu einem erwachsenen Abel nachts um halb drei am Telefon, »passierten alle Siebzehnjährigen dann ja an diesem Bahnhof die Staatsgrenze und liefen auf der anderen Seite herum. Wir ja auch! Die große Masse freilich im Schulklassenverband.«

»Wir nicht.«

»Die meisten der Schülergruppen lernten nur die Strecke zwischen Friedrichstraße und Alex kennen und gaben ihren *Mindestumtausch* für Bockwurst aus. Besserenfalls für Schallplatten, welche man in der Karl-Liebknecht-Straße erhielt.«

»Oder aber für Bücher! Und die gab es, für die meisten, in der großen Buchhandlung an der Weltzeituhr. Kulturschock! Im Eingang die Schlange derer, die auf einen Einkaufskorb wartete. Die gekauften Bücher wurden in braunes Packpapier eingeschlagen, um das ein Gummiband kam.«

»Wir jedoch ...«

»Kannten auch andere Orte. Schon der kleine Buchladen im Bahnhof Friedrichstraße, an dem fast jeder Ankömmling vorbeilief. Vor allem aber der in einem Obergeschoß vom Haus des Lehrers versteckte …«

»Ein Henselmann-Bau, aber so wie Henselmann es eigentlich wollte …«

»Laß doch mal! Die Antiquarischen in der Karl-Marx-Buchhandlung in der Karl-Marx-Allee … Was man woanders nicht bekam, fand sich manchmal in der Buchabteilung des Centrum-Kaufhauses …«

»Aber Titel, die in den Prospekten des Gemeinschaftsstands der DDR-Verlage auf der Frankfurter Buchmesse attraktiv beworben wurden, Bücher, die man schon lange einmal lesen wollte und die es nun bei Volk und Welt gebunden für 3,15 M gab, waren dann nicht aufzutreiben … Die Suche ermüdend. Man schleppte sich endlich ins nächste Espresso …«

»Was kaufte man?« »Aitmatow.«

»Man fand den Zauberberg, gebunden zu einem Preis wie eben von dir genannt – aber in der Mitte des Bandes wechselte das Papier von grau zu braun …«

»Ladenhüter...« »Harry Thürk...«

»Dann wieder, unverhofft, in der Warschauer Straße, die ersten Sachen von Thomas Böhme, das Lautréamont-Buch von Ulrich Berkes!«

»Plötzlich erschien Karl May!«

»Nicht plötzlich! Zuerst Loests Roman, dann nach und nach immer mehr...«

»Freute man sich an dieser Ausgabe? Gab es schöne Taschenbücher, was sagst du? Reihen zum Aufreihen... Freude an ihnen?«

»Es gab, Sascha! Man hatte aber so recht kein Auge dafür. Da war die Edition Neue Texte bei Aufbau. Spektrum bei Volk und Welt, broschiert, schwarz und schön wie die alte edition suhrkamp, wenn nicht schöner... Paul Nizans Aden, Graham Greene...«

»Aber DDR hieß ja auch nicht nur Bücher, die dortselbst erschienen. Es kam ja alles im Westen ebenfalls heraus! Das Angepaßte wie das Unerwünschte. Alles in dieser Zeit drehte sich, schien uns, um *DDR*, spätestens nach Biermanns Ausbürgerung. Es war die große Mode.«

»Nein, unser Gespür! Da geschah etwas, wir waren dabei. Vielleicht lasen ja viele andere damals statt dessen über Ehekrisen am Bodensee.«

»Wir kauften alles aus der DDR, über die DDR, gegen die DDR. Später trug man das meiste zum Antiquar.«

»Auch waren die ja dann alle im Westen, in West-Berlin ...«

»Und wir kannten jeden einzelnen persönlich.«

»Wir kannten auch alle, die dortgeblieben waren. Habe ich dir erzählt, daß Rolf Recknagel Ellen und mir, als wir ihn wegen seiner Jack-London- und B.-Traven-Biographien aufsuchten, im Leipziger Stadtpark, in einen dreckfleckigen Trainingsanzug gekleidet, die Stelle zeigte, an der die Gendarmen den gewesenen Schullehrer Carl Friedrich May bei einem Fluchtversuch niederrangen? Oder wie es genau war ...«

»Dann machte Erich Loests Karl-May-Novelle ihn in der DDR hoffähig. Loest war ja aus jener Gegend, in der Karl May als Trickdieb herumvagabundierte!«

›Erinnerst du dich noch, was du damals geträumt hast?«

›Ich eile die Straße entlang, versuche, mit dem Autor Erich Loest Schritt zu halten, und rufe immer: Herr Loest, Herr Loest, warum antworten Sie nicht?«

›Ein andermal vermeinte Bert Papenfuß einen bösen Traum zu haben! Wir suchten ihn aus irgendeinem Grund frühmorgens auf, und der Iwein war doch mit in seinem langen Ledermantel, und Papenfuß öffnete bleich und glaubte, er werde nun abgeholt.«

›Er hieß damals Papenfuß-Gorek, das weiß ich genau. Warum hieß er damals Papenfuß-Gorek?«

›Wir pilgerten zur Lottumstraße, Ecke Christinenstraße. Da war der mystische Weltnabel aller surrealistischen Gedichte vom Prenzlauer Berg. Adolf Endler... Frank-Wolf Matthies...«

›Frank-Wolf Matthies wollte mich prügeln...«

›Es waren ja dann alle im Westen. Fast alle. Sie hatten eine Kellerkneipe in der Gneisenaustraße als Stammlokal. Wen trafen wir da? Kunert, Pannach, Sallmann...«

»Pannach war ja Recknagels Schwiegersohn!«

»Das hatte ich vergessen. Jedenfalls waren sie alle in West-Berlin, weil auch dort der Fernsehturm, der auf einem anderen Planeten stand, zum Greifen nah schien. Sie fanden das Graue wieder und den unwirtlichen Wind, der durch die Häuserschluchten pfiff. Und im Westteil der Stadt fand man eben auch die Schicksalsgefährten wieder.«

»Sascha Anderson spielte uns was auf der Geige.«

»Die Buchhandlungen im Westen waren voll mit denen und die Ramschkisten vor ihnen auch: mit den Rübergemachten, Abgeschobenen, Freigekauften, denen, die noch einsaßen, und denen, die ganz einfach noch dort waren. Wolf Deinert. Dieter Eue. Der dicke Dichter Rathenow. In jeder Wühlkiste – weißt du es –?«

»... lagen de Bruyns Märkische Forschungen. Ausgabe Ost, Ausgabe West. Wir kauften sie, lasen sie, das lass sich schön und war gut. Wie Horns Ende.«

»Rolf Bossert tötete sich. Auf der Milchstraße war kein Licht. Alles war ernster, als wir meinten.«

»Das größte Glück war ja vorüber – trotz der Schönheit Mauer-Berlins. Es war die Zeit, in der bei den Trotzkisten« – in deren Reihen man sich mit einer gewissen Logik unterdessen befand – »die Zellensekretärin glaubte, der Rühmkorf hieße Rübenkopf. Die Kindheit war vorbei. Die Quarthefte waren keine mehr, Wagenbachs Taschenbuchreihe mochten wir schon von Anfang an nicht mehr. Die achtziger Jahre … Wie heißt es noch? *Wer sich an die achtziger Jahre erinnern kann, hat sie nicht miterlebt …*«

»Als Wagenbach ein Toskana-Verlag wurde, verachteten wir ihn.«

»Zu Recht! Gute Nacht.«

# Alexander

Darüber sind nun schon Jahrzehnte vergangen, macht Amelung sich klar, und gut zwanzig gelten doch schon als lebenslänglich! Er liegt nachts auf dem Bett und schaut auf die Stadt und stellt sich sein und seines Bruders Leben in den rororo-Bildmonographien vor. Ein Band über Sascha, ein Band über ihn. Nicht weil sie Berühmtheiten wären – Abel schon gar nicht. Nur so ein Spiel.

Die Idee lag nahe. Denn ihre erste Lebenshälfte über und länger waren jene biographischen Taschenbücher kaum je verändert, so sicher im Hintergrund ihres verschrobenen Alltags vorhanden wie manch andere Dinge, die ihnen ewig und unabänderlich erschienen und eines Tages verschwanden, die Deutsche Bundespost, die Deutsche Bundesbahn. Für Abels Gefühl hätte sich, so wie niemals andere Titelbilder der Diogenes-Taschenbücher nötig gewesen wären als die von Tomi Ungerer gezeichneten, an den Bildmonographien von rororo keineswegs je etwas ändern müssen. »Selbstzeugnisse und Bilddokumente«. *Herausgegeben von Kurt Kusenberg.* Ganz am Ende des darstellenden Textes der Name des Dargestellten in seiner höchst eigenen Schrift, dazu seine Totenmaske. Danach noch zweidrei Seiten Zitatfetzen: Zeitgenossen über den Beschriebenen. Für die Zwillinge gehören diese *Monographien* zur Kindheit wie für Borchert die Küchenuhr (rororo 170).

Die rororo-Bildmonographie 911 »Alexander Amelung« würde sich nicht nehmen lassen, ein wenig mit dem Motiv *Alexander der Große* zu spielen und irgendwo neben dem Text die Titelseite eines gewissen Buchs über den Feldherrn als Bildmaterial zu nutzen, eines Buchs, das freilich Abel gehört hat. Es ist von niemand anderem verfaßt als von diesem Bamm. Vorne hatte Abel seinen Namen eingestempelt samt der Adresse (Alexandraweg). Er besitzt es nicht mehr, irgendein Antiquar bekam es.

Dann wäre auch das Titelbild der ersten Ausgabe von Klaus Manns Alexander zu sehen. *Roman der Utopie.* Klaus Mann und dieser Bamm – sie sollen den Sascha-Band (911) der rororo-Monographien illustrieren, ihren Text auflockern, und sind doch Bücher aus Abels Leben. Jener schreckliche Bamm. Klaus Mann später ein Stern an seinem Himmel. Es hat seine Logik, denn es ist ja Abel, der diese Rowohlt-Monographie verfaßt.

Frau La Motte freilich hat den Vornamen als den eines Zaren vergeben. Von gewissen Fenstern des Hauses am Alexandraweg blickt man auf die Russische Kapelle, die Olbrichs Bauten der Künstlerkolonie auf der Mathildenhöhe ergänzt. Abel dagegen machte aus dem zehn Minuten älteren Bruder von jeher lieber einen Helden, und daß der viele Jahre danach in seinem Haus eine ganze Wand mit Büchern über Troja und Schliemann und Hellenismus und drei Dutzend teure Tusculum-Bände hat, gehört dazu. Noch heute ist für Abel Amelung sein Bruder reich und ein Schutz und stark, stärker als er, dem Leben zu trotzen.

Sie waren keine Kinder geblieben oder (so formuliert es die Bildmonographie) *in gewissem Sinne doch.* Daß sie aus dem Honoratiorengymnasium, das schon Georg Büchner und Stefan George besucht hatten, als verhaltensauffällig hinausfliegen, scheint zwangsläufig. Natürlich geben sie, zusammen, eine hinter der anderen verschiedene linksradikale und literarische Zeitschriften heraus.

Nicht weil sie zu dumm oder zu faul waren, wirft man sie aus der Schule! In diesen Jahren macht auch Abitur, der morgens spät aufsteht. Alexander wird von zwei weiteren Schulen verwiesen, deren Namen die tabellarische Kurzbiographie am Ende des Bändchens nennt. Schließlich meldet er sich zum Abitur, da ist er schon verheiratet.

Am Morgen der Prüfung bleibt sein Wagen auf der Autobahn stehen. Der Chemiker Amelung, der das alles sowieso bezahlt, schickt ihm ein Taxi an die Autobahnraststätte.

Alexander, ein Geistesarbeiter, hat alles gebüffelt, alle Fächer. Er hat mit Vergnügen, weil er Thomas Mann als Gegenstand angegeben hat, alles von Thomas Mann gelesen; aber in der Prüfung legt man ihm, auf daß er ein paar Worte darüber sage, nur den ersten Absatz von Tod in Venedig vor.

»Schulen« heißt ein Kapitel der Biographie, »Städte« ein anderes. Die Zwillinge gehen in verschiedene Städte, studieren da, Abel in Berlin, Sascha in Frankfurt am Main. Ein Foto der Bildmonographie würde die Bockenheimer Warte in Frankfurt zeigen: das historische Stadttor, zu dessen Füßen die Uni liegt, die Mensa samt den Büchertischen, die Karl-Marx-Buchhandlung ein paar Schritte entfernt, in der der spätere Bundesaußenminister anarchistische Heftchen verkauft. Hier studiert Alexander. Später hat er einen Lehrauftrag an derselben Universität.

Und Frauen. Er ist mehrmals verheiratet und zuvor, währenddem und später und immer wieder mit Frauen und Mädchen liiert. Manche sind seine Studentinnen.

Ihre Fotografien könnten die Monographie auflokkern.

Wohl auch ein Bild seiner Vespa. Für seinen Bruder, der so ein Ding gar nicht fahren könnte, gehört sie zugleich in die Geschichten von Hans Bender, auch zum schmerzlich schönen Schluß des Films vom süßen Leben aus den Jahren ihrer Kinderzeit, als Alexander Amelung der Herrscher über Rom war.

Der freilich lernt Spanisch. Er geht für lange nach Spanien. Noch länger nach Mexiko. Der rätselhafte Anonymus B. Traven weist den Weg. In der Tat wird Alexander eines Tages Vorträge über Traven und die Geschichte der Büchergilde halten und in deren Festschrift veröffentlichen. Die eine oder andere reizvolle Fotografie aus diesem Jubiläumsbildband der Büchergilde wäre in die rororo-Monographie zu übernehmen. Abel Amelung liegt auf seinem Bett, hat dieses Jubiläumsbuch zur Hand, hebt es aus der Wand links von der Liege und wählt Bilder für die rororo-Monographie über seinen Zwillingsbruder. Eine Straßenecke wie in ihrer Kindheit, Passanten mit Hüten, in Popelinemänteln, das Büchergilden-Auto aus den 1950ern, ein mobiler Buchladen. Ein Foto von Torstvan alias Ret Marut, besser ein unscharfes Bild des auf einem Maultier reitenden norwegischen Teilnehmers der Chiapas-Expedition von 1926; die alle sind ja wohl B. Traven.

Auch Alexander reist nach Chiapas, Cathérine ist mit, sie promoviert über den Tod in Mexiko. Sie sprechen mit Rosa Elena Luján und allen anderen, die Traven noch gekannt haben. Von Mexiko ist in dieser rororo-Monographie viel die Rede, das kann nicht anders sein. Wenn Abel an Alexander denkt, dann an Mexiko. Die Baumwollpflücker in der weltweit ersten Ausgabe durch die Büchergilde von damals, Die Brücke im Dschungel, Nachtbesuch im Busch. Mehr hat Abel von B. Traven nicht gelesen, aber er nimmt alle anderen Bücher von ihm unbesehen in seinen Olymp auf. Sascha hat sie gelesen! Darüber geschrieben, darüber geforscht. Er war in San Cristóbal de Las Casas. In Cuautla wäre er fast vom Leben zum Tode gekommen. Schön schwarzweiße Bilder – also gerade richtig für die rororo-Monographien – können aus Land des Frühlings übernommen werden, B. Traven hat sie selber gemacht.

In Guatemala forschen Cathérine und er dem Abenteurer und Schriftsteller Wolfgang Cordan nach, einem seltsamen Urning, der im Urwald von den Schlingpflanzen gefressene Städte der Lakandonen entdeckt hat. Nach anderer Lesart, wie Alexander erfährt, haben ihn die Indianer nur an der Nase und im Kreis herumgeführt zu längst bekannten Ruinen. Alexander Amelung sucht alte Leute auf, die Cordan kannten und von seinem mysteriösen Tod erzählen. Er macht Rundfunksendungen über ihn.

Er ist von Frankfurt weggezogen und lebt in einem großen Fachwerkhaus, das auf die Nordsee blickt. Wenn Abel an Alexander denkt, dann an das alte Haus an der Nordsee und die Bücherwände darin. Das Haus ist in der Monographie abzubilden.

Welche Leidenschaft wäre in diesem Leben größer als die für die Bücher? Die gelesene Welt steht Alexander gleichwertig neben der gelebten, mindestens gleichwertig. In dieser Zeit bringt die Büchergilde ihre leuchtendsten Sterne in neuen einheitlichen Editionen heraus, die zu kaufen Spaß macht, zu sammeln, sie aufzustellen, träumerisch ein wenig in ihnen zu lesen: alle Bücher von Jack London! alle Bücher von B. Traven!

Alle Bücher von Panait Istrati ... Alexander ist einer derer, die den der Vergessenheit entreißen.

Er ist ein Rumäne. In elenden Verhältnissen aufgewachsen in der Sumpflandschaft des Donaudeltas, wird er Landstreicher, Globetrotter, Kommunist, Schriftsteller, eine Stimme der Armen, Fürsprecher von Großherzigkeit und Freundschaft, Gegner der stalinistischen Bürokratie. Ein Jack London, ein Traven, Gorki, Hamsun, Andersen Nexö der südosteuropäischen und orientalischen Hafenstädte. Die Disteln des Baragan. Freundschaft oder Ein Tabakladen. Alexander schreibt über diese Bücher. Er spricht im Fernsehen über sie. Den Autor der Bildmonographie rührt es geradezu: Der Junge, der mit seinem Zwillingsbruder die Schule schwänzt und in das Lädchen der Büchergilde verschwindet, ist kein Junge mehr, arbeitet mit dem Herausgeber Istratis bei der Büchergilde zusammen.

Eingerückt hier eine komische Fotografie Panait Istratis unter einer hohen Pelzmütze, wie man sie in Armenien trägt.

Abel Amelung hat die träumerische Arbeit am Sascha-Amelung-Bändchen für diese Nacht aufgegeben, Gedanken und Gefühle gehen nur noch so ihrer Wege ... Wenn er an Alexander denkt, dann an Stunden, die er in dem Haus an der Nordsee verbringt, an Nächte, die er dort, wenn Sascha und seine Frau verreist sind, alleine ist. Er streicht in mehreren der Zimmer, die, weil es ein altes Fischerhaus ist, eigenwillig geschnitten sind, an den Bücherschränken, Regalen und Vitrinen entlang. Draußen schreien Wasservögel, Nachtigallen verwirren ihn. Kipling. Faulkner. Djuna Barnes, Eine Nacht mit den Pferden. Noch in den Schutzumschlägen von damals die deutschen Erstausgaben Hemingways. Die Erstausgaben der Bücher B. Travens. Sie haben fast das Format von Bildbänden, Land des Frühlings ist ja auch einer, und gleich neben ihm stehen die Fotografienbände des verschrobenen Cordan: Mexiko, Das Mittelmeer, schwarzweiße Aufnahmen der untergegangenen Welt, die jung, modern, tröstlich und schwarzweiß war – Bilder, die an den Küsten des Lichts aufgenommen worden sind in dem nur ungenau namhaft zu machenden Jahrzehnt aus Patina und Jetztzeit, als man Kindern, die eine Kreuzfahrt unternehmen, in einer Seitengasse eines Inselhafens das Flaschenschiff der Abenteuer andreht. Das ist der Stoff, aus dem in dem Nordseehaus gegen Morgen die Rivotril-Träume werden. Sich nachts in dieser alten Vogtei aufhalten, um die die Bäume rauschen und in der es ausnahmslos alle Bücher über den panthera tigris Corbetti gibt, den Indo-Chinesischen Tiger und den Sibirischen, die großformatigen von Jim Corbett und alle anderen Tiger-Bücher, alle Hörspiele von Kaschnitz und Eich, das Bilderbuch Menschen in Rom und das Kaleidoskop, in dem sich das heutige Rom als Folie auf das antike legt. Sascha, nur Sascha hat ja alles behalten! Schwarzweißes Mexiko! Die Fotografien von Weston und Tina Modotti. Die von Cordan. Cordan, der in seinem guatemaltekischen Bungalow morgens tot daliegt, vielleicht vergiftet von seinem indianischen Freund. Die Tage zuvor hat er verbreitet, er habe nunmehr die Mayaschrift entziffert. Das Köfferchen, das angeblich den Schlüssel zu den *Mayaglyphen* enthält, ist ab diesem Morgen verschwunden. Tramadol und Flunitrazepam wirken. Wegdämmern Abels im Haus seines Zwillingsbruders.

## Kleiner Abel

Die rororo-Monographie über den jüngeren Amelung bekommt am besten gleich die folgende Nummer, 912.

Die ersten der in den Text eingerückten Fotos zeigen seine Mutter, seinen Vater, die beiden Brüder, Zuckertüten im Arm bei ihrer Einschulung.

Die steinernen Löwenköpfe auf dem Weg zur Rosenhöhe, Teil ihres Schulwegs: »Dort latscht Arno Schmidt ...« Titelbilder von Büchern. Ein Foto von diesem Bamm, bebrillten knochenkopfichten Mann. Mitschüler, heimlich Geliebte.

Titelbilder von Büchern: das überaus blaue und weiße, in der Bildmonographie leider nur schwarzweiß zu reproduzierende eines Fischer Taschenbuchs, das er mit dreizehn beim Schlapp gekauft und später nie weggegeben hat – Abel mit der Mundharmonika. Jungen, Mädchen, Pullover und Pubertät. Ein süßer Vogel Jugend. Es ist nicht bekannt, warum Lara La Motte den um ein weniges Jüngeren ihrer Söhnchen so genannt hat, wie sie ihn genannt hat, sicher in irgendeiner Weise im Hinblick eben darauf, daß er der Jüngere ist und vielleicht bereits als solcher etwas gefährdeter. Mit der doppelten Alliteration jedenfalls müssen die Brüder seitdem leben.

Die Eltern werden das in hohen Auflagen verbreitete Buch von Abel, der Mundharmonika, der Weser und Nordsee gekannt haben. Vielleicht wußten sie ja solcherart ruhige, den Nazismus ignorierende Literatur zu schätzen. Und so einen zarten sensiblen Jungen wie Manfred Hausmanns Abel aus Berlin-Spandau, der Schutz benötigt: »Kleiner Abel ...«

So einfach war das dann später mit dem Schutz für den jüngeren Amelung-Sohn nicht. Wie kam es dahin, daß er sich heute so oft vor der Welt, die er unschön nennt, in seine winzige Burg über dem Tiergarten, über dem Hansaplatz zurückzieht? Er hat eine erste Kränkung erlitten durch den unerwarteten und frühen Tod seines Vaters, dann seiner Mutter. Tod von Freunden: ein gräßlicher Unfall an einem fürchterlich hellen Mittag auf dem sogenannten Autoput bei Belgrad. Er war immer empfindlich gewesen, und diese plötzlichen Tode hat er wem auch immer nicht verziehen und wurde schwieriger.

Lauter Katastrophen, Abel Amelung spricht nicht zuviel davon und wird nicht danach gefragt und wird wohl auch zu der Monographie nicht viele *Selbstzeug-*

*nisse* darüber beitragen. Es ist ja auch gar nichts Besonderes, jeder trägt Schmerzen und Niederlagen in sich und Narben am Leib. Er eine lang hingezogene Operationsnarbe aus jener Woche, in der man ihn unter Narkose fast getötet hätte.

Vor und nach der Operation gab man ihm schwere Schmerzmittel, die gute Freunde wurden. In Berlin hat er leicht Zugang zu den Medikamenten. Er weiß aus seiner Kindheit, von seiner Mutter, wie man sich mit Praktischen Ärzten und Internisten gutstellt, ihnen schmeichelt. Auch kostet bei den schmutzigen Hundehaltern am Breitscheidplatz, speziell bei einem Typen, der »der Rasierte« genannt wird, ein halbleeres, halbvolles Fläschchen Tilidin anfangs hundert Mark, später fünfzig Euro. Die Bildmonographie rückt hier ein Stilleben ein aus einem Tablettenstreifen, einem Tropfenfläschchen, einem Glas, einem Löffel.

Es waren noch ein paar Tode, ein paar Tote mehr, man braucht sie ja nicht zu zählen. Die Welt ist *unschön,* gleich nachher wird Amelung sie schöner finden. Das ist so eine Art Geheimnis, von dem nur sein Bruder eine vage Kenntnis hat. Beide sind sie für immer weggegangen von Mathildenhöhe, Rosenhöhe, Weißem Turm, kennen niemanden mehr in dieser Stadt, und wenn sie miteinander telefonieren, sagen sie einander, daß sie es dort, wo sie herkommen, nicht mehr aushalten würden. Zeit ist vergangen, sie hatten seither mit anderen Menschen zu tun als den Nachbarn Nossack oder Wohmann ihrer Kindheit. Mit Autohändlern, Zuhältern, Rechtsanwälten. Der jüngere Amelung lebt in Berlin, er ist kein Künstler geworden, wie es in seiner Kindheit fast scheinen mochte.

Ehrgeizlos, ist er eigentlich gar nichts geworden. Gelegenheitsjobs, wie sie für Studierte in Frage kommen, Nachhilfe, Volkshochschule. Nicht viel Ergiebiges für eine rororo-Monographie. Auch er ist gereist. Er hat ganz Arabien gesehen und in Syrien ein Wochenende im Gefängnis gehockt und im Hafen von Oakland an dem abschüssigen Holztisch, an dem als unbekannter junger Mensch Jack London schrieb. Eines Tages hat er Länder besucht, in denen er nicht, wie als Student in Italien, fröstelnd auf ein wenig Sonne warten mußte, Länder, in denen es wirklich warm ist. Nach den Küsten des Lichts von diesem Bamm hat er Reisebücher gelesen, die den Namen verdienten, den Koloß von Maroussi und Blaise Cendrars und Naipaul und Nicolas Bouvier. Er hat in Italien gelebt, er liest und spricht Italienisch, wie sein Bruder Spanisch liest und spricht.

Es gab die politischen Jahre, und es veränderte sich eine ganze Menge. Aus den radikalen Linken wurden irgendwie Umweltaktivisten, später wurde die Umwelt, die Natur in einem Maße vernichtet, das ihnen selbst in diesen *grünen* Jahren noch unvorstellbar gewesen wäre. Man wurde älter, mußte sich dauernd umstellen, technischer Krimskrams, die DDR ging unter, die Grünen wurden bürgerlich, Abel auch. Kleine Liebschaften kamen und gingen. Doch warum die Bildmonographie des jüngeren Zwillings mit Fotos von Frauen auflockern? Manchmal löste er sich jemand in einer Bar der Puffgasse Patpong aus. Die kamen und gingen, was blieb, waren die Bücher. Was blieb, war der Bruder.

Abel Amelung, dem Verfasser der Bildmonographie »Alexander Amelung« und seiner eigenen, fällt, seine zu füllen, weniger ein als zu der seines Bruders, wenig Geleistetes, wenig, das als *Bilddokumente* die *Selbstzeugnisse* auflockerte. Ein Foto des denkmalgeschützten Hochhauses, in dem er wohnt, Teil des Ensembles der Interbau von 1957. Im Treppenhaus auf jedem Stockwerk die metallene Luke eines Müllschluckers, durch den sich in einer Nacht das halbvolle Fläschchen eines Schmerzmittels rasselnd entfernte, das er kurzentschlossen hineingeworfen hatte, weil ihm das Spiel doch einmal unheimlich geworden war.

Die Welt ist unschön. Wenn er nicht froh und geschwätzig ist, denkt er daran, wie sie sich in den Anden die gefrorenen Fleischstücke von den Verunglückten schnitten, und an das Waterboarding, unter welchem Namen man in Amerika die Folter betreibt. Er liegt auf dem Bett und starrt vor sich hin und denkt daran, wie Saddam Hussein gehängt wurde und die Zeugen ihre Handykameras darauf richteten.

Es kam also auch für einen wie Abel Amelung dahin, daß ihn die Gegenwart deprimiert und schon in der Mitte des Lebens die unwiederbringliche Kindheit wie eine Rosenhöhe erscheint. Wer hätte es gedacht!

Daß er sich von aller Alltagsästhetik der 1980er, -90er Jahre und der des neuen Jahrhunderts, die seine Generation selber mitgeschaffen hat, weg- und zurücksehnt, so sehr! Zu jeder Schuhwichsereklame von ERDAL Rotfrosch, zum Wilhelm Goldmann Verlag, München 8, Postfach. Porto sieben Pfennig.

Wenn ihm alles zu viel wird, zu *unschön* und roh, nimmt er Valium ein oder Tilidin oder Tramadol, dann, aber gerade auch, wenn es ihm gutgeht und er das noch verfeinern will. Er glaubt nicht an Ärzte und Medizin, nur an Betäubung und Euphorie. Ein komplizierter kleiner Abel, der nicht ganz erwachsen wird:

Gegenstand einer rororo-Monographie, die bald schon verramscht wird, ein Mängelexemplar. Daß er nicht ein von den Mitschülern Gemiedener, auf dem Schulheimweg Verprügelter, später Schwuler wurde, verdankt er der Zweisamkeit und Saschas unbedingter Loyalität. Viele sind schon tot. Vater und Mutter. Es kann dahin kommen, daß man, um zu überleben, sich Fleischstückchen aus den schon Umgekommenen schneiden muß. Aber Alexander schenkt Abel Bücher über Brüder und Freundschaft. Panait Istratis Romane aus einem wilden Rumänien. Hans Benders Buch Bruderherz.

## Geheimnisreihe

Alles hat ja mit Abel Amelungs Feindschaft zum Sonntag, ja sogar schon zum Samstag zu tun. Mit beider Brüder Abneigung gegen das Wochenende, mit Abels Furcht vor dem Wochenende, vor Feiertagen, Weihnachten und Neujahr. Wenn es still wird, wenn die Alltäglichkeit weicht, diese Verheißung des Ewigen: daß die Geschäfte öffnen, der Briefträger kommt, die U-Bahn häufig genug fährt. In einem Roman der Lara La Motte, die ebenfalls am Wochenende aufhellender Mittel bedurfte, hatte es geheißen, *der Gehweg vor dem Haus ist geharkt, die Menschen sitzen drinnen und lesen ein Buch, das an einem Dienstag spielt.*

Abel Amelung empfand die Verstimmung durch den Ausnahmezustand namens Wochenende heftiger als Mutter und Bruder, und es hat sich daran bis heute nichts geändert, da in Berlin doch manche Zeitung auch sonntags erscheint, manche Läden geöffnet haben und da durch allerlei Lockerungen der Regeln speziell der Samstag seine Schrecken verloren hat – Abel spürt den Samstag, den Sonntag in Dutzend Kleinigkeiten weiterhin, überempfindlich: liest Bücher, die am Dienstag spielen.

Die Sache mit Abenteuerreihe, *Rätsel, Fünf Freunde,* war nicht einmal die halbe Wahrheit gewesen. Da war eine weitere Buchfolge, die ähnlich und doch ganz anders war.

Allen Reihen gemeinsam war ja, daß ein Quartett oder Quintett von Geschwistern oder Cousins – plus ein Hund oder Vogel – in den Ferien der Kinder, die die übrige Zeit des Jahres im Internat leben, aufregende Erlebnisse haben, die sie mit kriminellen Machenschaften konfrontieren. Ein Rätsel, das gelöst werden will und gelöst werden wird: von den vier, fünf Jungen und Mädchen.

Dies alles traf auch bei der Geheimnisreihe zu, und doch hob sie sich in einer von allem Anfang an für die Zwillinge Amelung äußerst bedeutsamen Weise von den anderen Serien dieser Enid Blyton ab.

Zum ersten war der Ort der Handlung Peterswalde. Wie der kleine englische Ort in der deutschen Version nämlich hieß. Die *Geheimnis*-Bücher genügten damit W. H. Audens Wünschen, der gesagt haben soll, es falle ihm schwer, »einen Kriminalroman zu lesen, der nicht im ländlichen England spielt«.

Zum zweiten handelten sie nicht, wie die Abenteuer-, Rätsel-, Fünf-Freunde-Schmöker, fast ausschließlich in den großen Sommerferien (die die Kindergruppe eben am Meer, zwischen Klippen, in Höhlen und Burgen findet), sondern in allen den Ferien, die die Internate gewähren, Ostern, Sommer, Herbst, Weihnachten, und somit im Nebel, im Schnee, in allen möglichen Witterungen, in Mäntel-Zeiten, in Zeiten, die man im Zimmer verbringt, im erfreulichen Turnus des Jahres unter gemäßigten Bedingungen.

Die Geheimnis-Bücher waren Whodunits einer auf Kinder angewandten Machart der Agatha Christie, die Klein-Abel und Klein-Alexander noch nicht kannten. »Die nächste große Stadt«, heißt es in Alibi, »Cranchester, liegt neun Meilen entfernt. Wir haben einen großen Bahnhof, ein kleines Postamt und zwei miteinander konkurrierende Ladengeschäfte. Außerdem gibt es bei uns viele unvermählte Damen. Unsere Zerstreuung und Erholung lassen sich mit dem einen Wort *Klatsch* zusammenfassen.« Peterswalde also. In der Geheimnisreihe wurde freilich nicht gemordet, auch das Pfarrhaus spielte eine weniger ausgeprägte Rolle, und die vielen pensionierten Militärs fehlten auch. Sonst war alles da, was glücklich macht.

War es nicht die größte Freude überhaupt, wenn Herr Amelung ein Buch dieser Reihe aus der Werksbibliothek der Pharmafabrik mitbrachte, größer als alle leiblichen Wonnen, ebenbürtig mit Liebe und Geborgenheit? Alles, was die Seele brauchte, war in dieser Buchreihe enthalten – im Lesen genau solcher Geschichten, Vergegenwärtigen genau solcher Bilder, Erschaffung genau solcher Mythen –, und dann waren da noch Bruder, Vater, Pharmafabrik!

Aus drei Jungen und zwei Mädchen waren mit der Zeit die Spürnasen geworden, The Five Find-Outers, die immer wieder, ohne dies zu suchen, einem Kriminalfall gegenüberstehen, in Konkurrenz mit dem tölpelhaften Dorfpolizisten, doch am Ende bestätigt und hoch gelobt durch Scotland Yard ihn lösen, einen Fall, der sie in Atem hält, aber nicht in Lebensgefahr bringt. In einem Geheimnisbuch geschah fast nichts. Nie oder fast nie wurden hier plötzlich in wassertropfenden Höhlen Taschenlampen auf Ferienkinder gerichtet und eins von ihnen schmerzhaft am Handgelenk gepackt, eingesperrt, geohrfeigt, bedroht. Und ich will nicht Böschungen herunterstolpern, geschlagen werden, bedroht sein, dachte das Kind Abel, eingesperrt, von rohen Männern am Handgelenk gepackt! Nicht einmal lesen wollte er davon.

Da war eine Lebensangst in Abel, eine kaninchenhafte Furcht vor Elend, Gewalt, Alter, Armut, verlassen, ausgesetzt, krank sein, ungetröstet. Beraubt sein einer Mutter, einer Schriftstellerin-Mutter. Angst schien mit Büchern zu vertreiben zu sein, schien mit Büchern einer gewissen Art zu vertreiben zu sein.

Und es war die Schriftstellerin La Motte, die ihm auch dies schon beizeiten verriet: daß sich Falltüren und geheimnisvolle Chinesen in der Literatur verbieten. Erst später erfuhr er, daß es seit 1928 ausdrücklich zu den Statuten des englischen Detection Club gehört, daß sich unterirdische Gänge und Chinesen verbieten.

Ein typisches Geheimnis war das um eine giftige Feder. Ein Fall von anonymen Briefen. Unter der Führung des eigenbrötlerischen dicken Jungen, der der Poirot dieser Bücher ist, galt es herauszubekommen, wer die Briefe schreibt und wie er sie unbeobachtet zustellt: gemeine, häßliche Briefe. (Der Täter hinterläßt die Fußspuren eines wahren Riesen. Es ist am Ende der auffällig kleinfüßige Bäcker, der seine Brote ausfahrend in jedes Haus gelangt und übergroße Filzpantoffeln überzieht und mit Absicht mit ihnen Spuren verursacht.)

Anonyme Briefe, teils mit verstellter Handschrift geschrieben, teils aus Wörtern zusammengeklebt, die aus Zeitungen ausgeschnitten sind; man kennt und schätzt es … Doch ist mit diesem Motiv eine weitere der Besonderheiten ins Spiel gebracht, mit denen die Mystery-Serie die jungen Amelungs verwöhnte: ihre Intellektualität. Weit mehr als die Reihen der *Abenteuer,* der *Rätsel* und der *Fünf Freunde* war diese hier geprägt von Situationskomik, Spielerei, Sprachwitz, Sprachspielerei, Verstellen der Stimme, Verkleidung, der dicke Junge ist darin ein Meister. Ein Franzose radebrecht. Akzente. Dialekte. Einmal tritt der gutmütige Neffe des örtlichen Polizisten auf den Plan, dessen Ehrgeiz es ist, gereimte Gedichte zu verfassen, der dicke kleine Find-Outer parodiert sie.

(Als Kinder wissen sie nichts davon, wer das übersetzt hat, welche Probleme sich ihm damit stellten, auch damit, daß Peterswalde im Original irgendwie anders geheißen haben muß. Viel später will man das wissen, diskutiert mit anderen im Internet darüber und entzaubert alles.)

Und auch die Komik und die Sprachspielerei und das Verkleiden und Verstellen der Stimme waren es noch nicht, weshalb die Geheimnisserie für immer und ewig Glück und Traum in das Leben dieser Zwillingsbrüder gebracht hat. Es waren Passagen wie diese, von erwachsenen Amelungs heute vage erinnert:

Die Spürnasen nehmen den Vormittagsbus in die Kreisstadt. Sommerferienmorgen. Ihnen ist klargeworden, daß der zu Überführende regelmäßig in diesem Bus sitzt; einer der Insassen muß es sein. Der Bus ist spärlich besetzt. Die Kinder verteilen sich und setzen sich, ganz harmlos, wie selbstverständlich, jedes neben einen der verschiedenen Fahrgäste und horchen sie plaudernd aus: die dicke Hausfrau, den *Hausierer,* die Haushälterin des Pfarrers, die Sprechstundenhilfe.

Und nachts am Fluß. Einer der Jungen hat nicht schlafen können und geht längs der Trauerweiden am Fluß einem Mann nach, er kennt oder erkennt ihn nicht. Der Mann versenkt ein Bündel im Fluß, Flipp kehrt verwundert heim und schläft gegen Morgen ein. Das ist das Geheimnis *um einen roten Schuh.*

Und Flipp (oder der Dickliche) macht eines Herbstferienvormittags einen Spaziergang im Nebel und entdeckt von der Straße her in einer leerstehenden Villa *das verborgene Zimmer.*

Während die *Abenteuer*-Sommer in Wales, in Fischerdörfern, Lagunen, verlassenen Bergwerken oder Burgruinen fremde Welt sind, die den lesenden Brüdern nur geahnt, verweigert und erspart ist, sind die Gegebenheiten und Ereignisse in Peterswalde von kunstvoll verfremdeter Nähe: Ja, so sind die Nebelmorgende der Herbstferien oder des geschwänzten Unterrichts, so oder vielmehr ähnlich. Abel und Alexander legen sich eine Ästhetik zurecht und entwickeln sie mit den Jahren weiter, eine Ästhetik ganz nah an ihrer Seele, an Angst und Geborgenheit und Freude. Sie begreifen, daß auch Entenhausen Peterswalde ist. Sie befassen sich mit der Frage, inwieweit und warum die Geschichten mit Micky Maus der A-Serie und die mit Donald Duck der G-Reihe zuzuordnen sind und innerhalb der siebzig grünen Bände Romane, die auf dem Balkan und nicht an der Indianergrenze spielen, zwingend der G-Serie.

»Wobei die Abschnitte, in denen der Reiseschriftsteller May sich vorläufig noch in Kairo aufhält oder in St. Louis ...«

»Gewiß. Das Schönste ist vorbei, wenn er in den Sudan aufbricht. Mutatis mutandis Claude und Perken auf den Königsweg in den Dschungel.«

»Dagegen ist Malraux' noch früheres Werk, Die Eroberer, ungeachtet seines in diesem Punkt irreführenden Titels, ein Geheimnisbuch!«

»Weil in Autos gefahren und telegraphiert wird. Europäische Revolutionäre, Abenteurer, Gestrandete diskutieren, telefonieren, befehlen und schwitzen unter den lauten, knarrend mühseligen großen Ventilatoren ihrer provisorischen Büros in Kolonialvillen.«

Es sind ernste Fragen um Leben und Tod, Unwirtlichkeit der Welt, Verstörung in ihr, Angst vor dem, was noch kommen könnte, und dem, was kommen wird. So viele sind ja schon tot. Ein übles Abenteuerbuch ist Der Schnee von Nebraska und das über das Flugzeugunglück in den Anden. Schon die Kindermärchen waren voller Grauen gewesen. Aber die Geheimnisreihe ist das diskrete Versprechen eines ewigen Lebens: einer nie endenden Abfolge der Ferien von Ostern, Sommer, Herbst und Winter und maßvoller Abenteuer in ihnen. Sicherheit gewährende Eltern irgendwo im Hintergrund.

Und da sind in den Romanen Erwachsene, die nicht die Eltern sind und auch nicht von der Art des dummen Ortspolizisten. Nur punktuell treten sie ins Leben der Jungen und Mädchen. Jahrzehnte ist das her, doch können die Zwillinge in ihren nächtlichen Telefonaten, ohne nachdenken zu müssen, die Namen nennen: große Namen ihrer Kindheit, Bill Cunningham und Inspektor Jenks.

Inspektor Jenks heißt der junge Beamte von Scotland Yard, der seinen Auftritt im letzten Kapitel eines Geheimnisbuchs zu haben pflegt, wenn der pummlige Kinderdetektiv in auch sonst bekannter Manier alle Verdächtigen zu einem Finale oder Show-down an den Ort des Kriminalfalls bittet. Inspektor Jenks ist es, der den *Five Find-Outers* recht gibt, den Überführten abführt, den dicken Jungen lobt und den stiernackigen Ortspolizisten rügt, dem dann nur bleibt, ärgerlich »Pah!« auszustoßen. Als Kind liebt man Inspektor Jenks so sehr, er ist ein großer Schutz vor der Welt.

Bill Cunningham ist ein glatzköpfiger Mann, nicht jung und nicht alt. Er ist irgendwie mit den Eltern oder nur der alleinstehenden Mutter von Philipp oder Jack befreundet, einem der Kurzbehosten mit Papagei auf der Schulter. Unbegrenzte Sicherheit geht von ihm aus, Rettung und Schutz. Er tritt erst dann auf dem Berg der Abenteuer in Erscheinung, im Tal, in der Burg, auf der See der Abenteuer, wenn am Ende Hilfe nötig wird, Erwachsene eingreifen und die Polizei alarmieren müssen. Ein einziges Mal geht er gleich zu Anfang der Handlung mit den vieren und dieser Mutter auf Kreuzfahrt, auf dem Schiff der Abenteuer, streift mit ihnen durch ein Hafenstädtchen auf einer Insel, kauft mit ihnen ein gewisses Flaschenschiff. Ein übermächtiger Tagtraum wird damals in Abel geweckt, es möge eines Tages heißen: wißt ihr was, Bill Cunningham kommt morgen, und wir gehen mit ihm auf Kreuzfahrt im Mittelmeer, strolchen durch Gassen auf Malta und Rhodos, für immer!

Die Geheimnisreihe macht Abel und Alexander Amelung glücklich und zwar auf Lebenszeit und bis zu ihrem Tod, der so sanft sein möge wie die Spannung von Mystery-Romanen für Kinder. Ein Trost und eine Wonne so gut und groß, wie sie das Tilidin gewährt. Nicht Falk, nicht Tibor, nicht Sigurd – Carl Barks' Szenen aus dem Alltag Entenhausens mit einer ländlichen Oma, die nie stirbt, und Drillingen, die auf immer Schüler bleiben, sind der Trost, der einem ängstlichen und ratlosen Kind gewährt wird. Die Abfolge der Ferien im Jahr, wenn der dicke Junge als Anführer uns wieder zu Spürnasen macht. Wäre die Reihe doch endlos! Gäbe es doch nur einen Band mehr, den man noch nicht kennt! Gäbe es hundert oder tausend Bände in gleicher Aufmachung, gleichem Preis und gleicher Farbe! Es wäre, als säße die Schriftstellerin La Motte tausend Jahre in jedem Herbst, wenn die Buchmesse kommt, rauchend am Stand des Maximilian Dietrich Verlags Memmingen.

## Zimmer 13

Es war die Autorin La Motte, die ihrem dreizehnjährigen Abel in einem Hotelzimmer an der Mosel verraten hat, daß es zwei Formen der Rettung vor unbestimmter Furcht gibt: Kriminalromane und alle diejenigen Wirkstoffe, deren Name das Wort Codein enthält.

Schon sie ließ durchblicken, daß beides kombinierbar war.

Die Kriminalromane brachte zunächst der Chemiker Amelung aus der Werksbibliothek mit, klassische Kriminalromane, nämlich die Reihe der Geheimnisbücher. Sie spielten, wie Auden es verlangte, im ländlichen England. Sie ebneten den Weg für die unüberschaubare Folge – sie ist endlos, sie soll endlos sein – der Whodunits, der libri gialli, der einzigen Art von Büchern, die man lesen will.

Die Kriminalromane sandte sodann ein den Brüdern eigentlich ganz unbekannter Onkel in Bremen, ein Bruder ihres Vaters. Eine leinengebundene Reihe schwarzen Schutzumschlags. Sie vermehrte sich regelmäßig zu Weihnachten und zu Abels Geburtstag, denn für ihn waren sie bestimmt. In einem ihnen sonst nicht bekannten »Blücher Verlag Hamburg« erschienen, handelte es sich um die Werke Conan Doyles. Auf dem Rücken fand sich über dem Titel eine Tabakspfeife. Sie vervollständigten sich um einige wenige Non-Sherlock-Holmes, deren Schutzumschlag nicht schwarz war und ohne Pfeife.

Archetypische Geheimnisreihe! Lückenlos schlossen die Niederschriften des Dr. Watson an die Schmöker von Frau Blyton an. Die umhegte Welt von Peterswalde war auch die Baker Street und waren allerlei Herrensitze und Landgasthäuser am Rande des Moors. Das Moor war für den Leser nicht beängstigend. Alles fand sich in die Sicherheit einer erfreulichen Gesittung gebettet, die niemals spießig war – das verhütete der intellektuelle und exzentrische Lebensstil der Junggesellen Watson und Holmes mit Geigenexzessen und Morphiumnächten. Seltsamerweise ging sogar vom Element des Kolonialen, also Fremden und sogar Gewalttätigen wohlige Wirkung aus – in der Geschichte vom Gefleckten Band, in der Geschichte vom Bleichen Soldaten. Erzeugte es doch eine gewisse Spannung und würzte das Europäisch-Gemäßigte mit ein paar eindrücklichen Wörtern und Bildern und war nur etwas im Hintergrund und hatte die Aufgabe, lesende Zwillinge vor dem Langweiligen und Familiären zu bewahren. Es kam auf die Dosierung an, das erkannten die Kinder beizeiten. Im Rahmen der ruhig-friedlichen Geheimnisreihe hatte das Geheimnis um ein verborgenes Zimmer fasziniert, weil es – als einziges – unerwartet radikal, aufregend, gefährlich war.

Neben dem Bett ihrer Mutter fanden die stöbernden Jungen Stapel von Taschenbüchern, nie waren es feste Bände mit Schutzumschlag. Auf den Titelblättern herrschte Gelb vor. Gelb und rot. *Krimis.* Abel war von ihnen gebannt, von Anfang an schien ihm, daß sie die Antwort auf sein Bange-Sein waren, auf seine Lebensangst, eine alles umfassende Verunsicherung, die in ihm war, tief innen und vor und hinter allem in der äußeren Welt.

Kriminalromane! Taschenbücher! Reihen! Gegenstand seiner Sehnsucht nach Moderne. Libri gialli. Scherz Krimis. Rot und Gelb der Goldmann Krimis. Edgar Wallace. Nichts auf Erden war weiter, unbedingter entfernt vom Tod und von den alten Gebetbüchern, die er mit neun Jahren in Innsbruck und in Hall in Tirol gekauft und gesammelt hatte.

Heimlich blättert ein kleiner Abel in Edgar Wallace' Krimis, die im Arbeitszimmer seiner Mutter liegen. Das Papier ist holzig, aber neu und frisch. Zimmer 13 heißt dieses Buch da. Schmal, federleicht, biegsam, rot. Vorne drinnen auf der linken Seite eine knappe Liste der wichtigsten auftretenden Personen, sieben oder acht, und der Vermerk: »Die Handlung ist in London.«

Von nun an will Abel nur noch Gegenwart. London. Hotels. Zimmer 13. Kriminaltaschenbücher, wie sie Erwachsene in Bahnhofskiosken kaufen und in Zügen lesen. Seine Mutter redet gelegentlich abschätzig über Edgar Wallace, aber ihr Söhnchen folgt ihr in seinen Gedanken und Gefühlen nicht ganz. Sie sagt, Wallace' Schmöker seien voll von Chinesen und hinter Tapeten versteckten Türen, unfair gegen den denkenden Leser, der den Fall lösen will. Abel aber entdeckt in dieser rotgelben Reihe – die er nicht liest, die er nur anschaut, anfaßt, anliest, durchblättert – eine Moderne, entschieden genug, ihn zu schützen. Er ahnt, es sind Taschenbuchreihungen, die das Glück gewähren, die Rettung, die Utopie. Schwarz-weiß-streifig-rot-gelbe Scherz Krimis in Bahnhofsbuchhandlungen und seine Mutter und ihr Wissen um Medikamente.

Im Krimi, entdeckt Abel, ist der Tod kein Tod. Obwohl er, wenn es sich nicht mehr um ein Kindergeheimnis um ein verborgenes Zimmer oder eine siamesische Katze handelt, fast zwingend Gegenstand des Erzählten ist, tritt er nur als sehr kurzes Wort für von

Detektiven zu untersuchende technische Einzelheiten in Erscheinung und als anheimelnd notwendig Zugehöriges wie Rinderherden im Cowboyfilm, wie die Alpen im Heimatroman. Nicht Schmerz und Grauen erzeugt er, sondern Ermittlungen und logische Überlegungen. »Der Tod am Nil« – man denkt gar nicht: Tod. Man denkt: der Nil.

Nichts auf der Welt war weiter von Gewalt und Tod entfernt als Reihen von Taschenbüchern. Was die Krimis anging, waren Goldmanns Gelbe Taschenbücher rot. Während die eigentliche G-GG-GGG-Reihe so seltsam Tod und ewiges Leben zugleich verkörperte, stand die rote Reihe der Kriminalromane desselben Verlags – allen Morden, die sie meist schon im Titel hatten, zum Trotz – allein für die Verheißung schönen Lebens. Abel Amelung bedauert es, die rote Serie der Kriminalromane von Edgar Wallace damals nicht samt und sonders für je 1,95 gekauft zu haben, um sie auf immer bei seinem Bett mehrere Meter lang gereiht zu sehen. Heute findet er sie vereinzelt auf Flohmärkten und in mal mehr, mal weniger zerfleddertem Zustand, aber es wäre nicht dasselbe, sie heutzutage zusammenzutragen, sie wären zu unterschiedlich zerfleddert, röchen unterschiedlich alt, in einem stünde vorne ein Name reingekritzelt, im andern gottlob nicht ... Die roten Wallace-Krimis hätten seriell neben Abels Bett ganz neu sein sollen und seriell miteinander verhalten altern. Und die kleinere Reihe von Wallace' Afrika-Romanen dazu.

Neben ihnen stünden alle Simenons. Non-Maigrets und Maigrets, eine Bücherwand für sich, das hieße Lektüre, Ruhe, Sicherheit, Freude, ewige Gegenwart. Warum hat man nicht beizeiten eine bestimmte oder sogar zwei oder drei bestimmte Maigret-Editionen bei Diogenes sämtlich gekauft, um sie, wenn man nachts das Licht anmacht oder es langsam hell wird, neben dem Bett aufgereiht zu sehen! Alle Bände der Ausgabe mit der Hut-und-Pfeifen-Silhouette. Alle Bände der Ausgabe mit den schwarzweißen Paris-Fotos von Robert Doisneau.

Sowie dem Schriftbild von Diogenes-Taschenbüchern, dessentwegen allein schon man alle Kriminalromane liest. Und ihrer Handlichkeit... leicht, flexibel wie alle Taschenbücher, aber zugleich so besonders schön kantig, kleine Quader... Blickt Amelung auf irgendeine Seite irgendeines Diogenes-Buchs, wird er von deren Überschaubarkeit, der rechten Mischung von Fülle und Leere, von Weiß und Schwarz, Buchstabenwald und Lichtung, von Prägnanz und Nebensache so angenehm eingeladen wie ja auch von dem Genre: der Schwere, die sich leicht gibt, der Schwere vortäuschenden Leichtigkeit, Gewalt, Tod und Tote ganz ohne Entsetzen.

Das ist die Schönheit aus der früheren Zeit, als die Welt noch modern war. *Alle Buchhandlungen sowie die Bahnhofsbücherstände führen Goldmanns Taschenbücher in großer Auswahl.* In dieser Zeit, in der die Zwillinge in einem Kinderwagen, der in seinem Wellblechdesign den Balkons jener Jahre ähnelt, vom Kindermädchen über die Rosenhöhe und die Mathildenhöhe geschoben wurden, war ihre Mutter niemand anderes als Vera Brühne und Rosemarie Nitribitt, eine der wunderbaren Frauen, die jeder vom Bahnhofskiosk her kennt: Verbrecherinnen, Verbrechensopfer, mit denen die Kinder aufwachsen, Namen, die sie nie vergessen werden, weil sie zum Glück ihrer Kindheit gehören, zu schwarzweißen Illustriertenfotos von Blutlachen.

# Peter Stuyvesant empfiehlt sich dem rauchenden Leser

O die Reklame in frühen Exemplaren von Rowohlts Rotationsromanen! Freuden untergegangener Zeit! Mitten im Buch, die Bleiwüste einmal, genau einmal illustrierend – denn es gibt in jedem Bändchen nur eine solche Werbung, den Text unterbrechend und auch wieder nicht –, erfolgt der Hinweis auf Benzin oder Pfandbriefe doch über genau zwei Seiten, eine Vorder-, eine Rückseite: inmitten findet sich in den alten rororo-Büchern diese Doppelseite mit einer auf die Romanhandlung bezogenen Zeichnung und einem kurzen Text, der von der Fiesta in Pamplona oder dem Ausflug nach Rheinsberg ausgehend auf Zigaretten oder Frauenzeitschriften zu sprechen kommt. Untergegangene Zeitschriften! Zigaretten, die nicht mehr geraucht werden! Illustrierte, die Vera Brühne zeigten. Zigaretten, die Rosemarie Nitribitt rauchte.

Zwei einander ähnelnde erwachsene Männer, die einer den anderen auf solche Reklame aufmerksam machen, die sie blätternd, auf Suche und Jagd nach schönen Büchern soeben gefunden haben ... Zwillinge, die, in der Berliner U-Bahn stehend, wie schon immer, schon im Kindergarten, einer dem andern *die*

*Bälle zuwerfend,* einander schnell und knapp mitteilen, was ein Jemand, der halb unter ihnen sitzt, für ein Buch liest, das sie am Schriftbild erkennen: dtv, Diogenes – welche Reihe, das ist noch das Einfachste.

Selten, selten liest jemand vor ihren Augen irgend etwas anderes als ein gelbes Reclam-Heft für den Schulunterricht – oder Paulo Coelho – oder was soeben im Fernsehen und in aller Munde ist. »Kaltblütig« dann, wenn im Kino ein Spielfilm über Capote angelaufen ist. Doch kommt es vor: In Berlin kommt es, selten, auch einmal vor, daß in der U-Bahn jemand irgendein Buch aus irgendeiner Zeit liest, ohne Zusammenhang zu dem, wofür gerade geworben wird. Die Brüder stehen im überfüllten Wagen, und beide sehen den Lesenden unter sich und die aufgeschlagenen beiden Seiten, jedoch das Buch nicht von außen. »Thomas Mann«, befindet Abel aufgrund des Schriftbilds und der Absatzbildung. »Doktor Faustus«, ergänzt Alexander, weil er den Namen Schwerdtfeger auf der aufgeschlagenen Seite erspäht.

O das Schriftbild von dtv-Taschenbüchern, von Diogenes, von den kleinen, fast quadratischen Ullstein Taschenbüchern! Es wiedererkennen: wie an alten Donald-Duck-Heften schnuppern – solches bringt das Glück der Kindheit zurück. Ach und oh, die Titelbilder! Während der aus Geiz eng gedrängte Text in den alten rororos und Fischer Taschenbüchern einen vom Lesen gewisser Graham Greenes, A. J. Cronins, Pearl S. Bucks geradezu abhält, sind es die über das ganze Deckblatt gehenden bunten Bilder, die einen nach Cochinchina träumen lassen. In den fünfziger und sechziger Jahren sind ein unerreichbares Ostasien in Rowohlts Taschenbüchern allgegenwärtig, Reisfelder und Dschunken auf den fragil dünnen Titelblättern. Himmlischer Piatti! Ganz anders wieder seine – alle ausnahmslos seine – Titelseiten für dtv.

Denn alle dtv-Umschläge stammen von Celestino Piatti. Sei es Ludwig Thoma, sei es Eldridge Cleaver. Würde es nach Abel Amelung gehen, änderte sich daran bis zum Ende aller Zeiten nichts. Er braucht keine Innovationen. Die Bücher sind ganz klein und federleicht, dezent glänzend und weiß. In diesem Weiß, nur einen vage begrenzten Teil des Umschlags einnehmend, Piattis Zeichnung, koloriert.

Alle Diogenes-Krimis sind auf dem Umschlag von Tomi Ungerer bebildert. Schwarzer Rahmen, gelber Hintergrund, sarkastische schwarze Silhouette! Haben doch beide Brüder ihre Eric-Ambler-Ecke an der Wand für die Stunden, in denen es sie nach Balkan und Waffenschmuggel verlangt!

Ach, daß man nicht beizeiten, als man ein Kind und die Welt in schwarzweiß modern war, alle Reihen gekauft und an den Wänden aufgereiht hat! Diese kleinen biegsamen Quader namens Taschenbücher! Alle gelbweißen, überaus dünnen, zeitgenössisch witzig bebilderten Bändchen Jules Verne (Fischer Taschenbücher JV 1ff.). Alle dünnen Fischer-Bändchen Poetische Beispiele. Ausnahmslos den roten Edgar Wallace bei Goldmann. Ausnahmslos, schwarz-weiß-gestreift-rotgelb, die Scherz Krimis. Könnte doch heute der Blick vom Bett aus über solche lückenlosen Sammlungen streifen!

Nun hat man aber statt dessen immer wieder Kisten zum Antiquar gefahren. Wenn ein Abel Amelung oder sein Freund Reinhard Kober, die Bananenkiste in beiden Händen, die Glastür der sogenannten Bücherhalle in Berlin-Schöneberg öffnete, wurde das mürrische Gesicht des Glatzkopps hinter der Ladentheke noch mürrischer und immer mürrischer, während ein Abel Amelung oder ein Reinhard Kober oder beide ihre Schätze vor ihm stapelten. »Siebziger Jahre«, murmelt er in leicht fränkischem Tonfall, »das geht zur Zeit gar nicht. Auch Philosophie nicht. Am wenigsten die Bücher von Ingeborg Drewitz.« Weimarer Republik geht zur Zeit nicht, Exil-Literatur, Psychologisches, Sexualia, Politisches. Alles das, was Kober und Amelung in dem Bananenkarton haben. edition-suhrkamp-Bände, die sie dem Glatzkopp hinzureichen töricht genug sind. Naserümpfend nimmt er Bernward Vespers Flugschriften und sagt in leicht fränkischem Tonfall: »Zwei Euro alles zusammen.«

Dergestalt haben die Amelungs irgendwann und mit der Zeit, früher, Hunderte von schönen kleinen Büchern weggegeben, die sie heute gerne wiederhätten ...

»Meinen ganzen Platon hat er, der Glatzkopp«, seufzt Alexander, »und meinen ganzen Herrmann-Neiße der Hinkende an der Langenscheidtbrücke ...«

Aber diese Kramläden sind auch der Mikrokosmos, in den die Zwillinge tauchen, wenn sie heutzutage, eher kleine, nicht mehr schlanke, kurzsichtige Männer, mitunter zusammentreffen, um einen Ausflug zu unternehmen. Es sind Vormittage nach dem Frühstückskaffee, sonnige Vormittage voller Optimismus und Lebenslust. Man sieht sie vor Alexanders Haus an der Nordsee in seinen schwarzen Mini Cooper steigen und durch Rapsfelder, an Reiterhöfen und Hünengräbern vorbei, die Autobahn ansteuern, eigentümlicherweise Richtung Lübeck oder Lüneburg.

In beiden dieser alten Städte kennen sie, dort wo die alten Städte so recht alt sind und es kleine Cafés und Boutiquen gibt, Buchantiquare in winkligen niedrigen Souterrains, dort sind sie als Käufer bekannt. Eingetroffen teilen die beiden das Ladenlokal unter sich auf, etwa daß Abel die belletristische Wand von links oben bei A verrenkten Halses abwandert, Sascha rechts unten bei Z zu arbeiten beginnt und sie sich irgendwo in der Mitte im Wege sein werden.

Wer dieses Mal bei A anfängt, begegnet als erster Eric Ambler, den beide suchen, weil es sie auch heute wieder nach Balkan und Waffenschmuggel verlangt.

In dem Lüneburger Antiquariat wird die Sichtung des aktuellen Bestands regelmäßig davon unterbrochen, daß derjenige der Brüder, der im Alphabet bei H angelangt ist, E. T. A. Hoffmanns Erzählung Rath Krespel aus dem Regal zieht und es dem anderen vorweist, damit der sieht, daß es immer noch nicht verkauft ist, und damit beide das Titelblatt grinsen macht, auf dem Rath Krespel tobsüchtig weggeführt wird.

Alexander mag gebundene Bücher – gern aus der Zeit zwischen 1950 und '80, gern Bücher, deren Schutzumschlag, gegebenenfalls sogar leicht eingerissen, erhalten ist.

Abels Rundblick gilt grundsätzlich Taschenbüchern. Gäbe es dasselbe Buch in verschiedenen bestens erhaltenen Ausgaben und sogar zum selben Preis, würde er fast immer das Taschenbuch wählen, freilich nur dann, wenn es keinen dieser gewollt häßlichen, gewollt häßlich machenden schwarzen Striche auf der Unterseite aufweist oder an derselben Stelle den Stempel »Mängelexemplar«, der überschüssige Bücher erst zu Mängelexemplaren macht und machen soll. Abel, der, nur um Antiquarpreise auszuradieren, noch heutigen Tags einen Radiergummi besitzt, wüßte diese fatalen Striche und Stempel nicht auszumerzen, obschon er davon gehört hat, man könne sie mühselig wegreiben.

Schließlich tragen sie die Beute zur Kasse. Sie setzen sich in eins der kleinen Straßencafés des Kleinbürgerstädtchens und zeigen einander, was sie gekauft haben. James Purdys Erzählung Malcolm und Erich Arendts südamerikanische Gedichte, beide – wie neu! – als Rowohlt Paperback mit Foto-Frontispiz (Sascha Amelung). Stiller als Fischer Taschenbuch von 1969, Georg Brittings Lebenslauf eines dicken Mannes der Hamlet hieß, dito, und Stefan Andres' Positano, Fischer Taschenbuch von 1967, dessen Umschlaggestaltung mit vorherrschendem Weiß und in das Weiß knapp hineinskizziertem steilen Küstenort dem Stil von dtv und Piatti ähnelt (Abel Amelung).

Alexander hat darüber hinaus die erste Ausgabe von Das Brot der frühen Jahre gekauft. Abel zieht sie über das Bistrotischchen zu sich hinüber, findet bald eine Textstelle, die ihn rührt und amüsiert, und bringt sie dem Bruder zu Gehör und beschwört damit die Zeiten, von denen beide sich wider besseres Wissen einbilden, die Welt sei noch ganz ganz gewesen (und nur darum kaufen sie die alten Taschenbücher): *Ich legte das Geld auf die Theke, nahm mein Scheckbuch aus der Rocktasche, füllte auf der Ladentheke einen Scheck über zweiundzwanzig Mark fünfzig aus, schrieb quer darüber: NUR ZUR VERRECHNUNG und sagte zu der Frau: »Geben Sie mir Briefmarken, Zehner bitte und Notopfer.«*

Und dann steigen sie ins Auto und fahren weiter.

In Hamburg konzentriert sich die Arbeit auf gewisse Ecken der Grindelallee, aber auch auf jenen scheinbar schon immer existierenden Pavillon am U-Bahnhof Stephansplatz nahe Planten un Blomen, um den auch Hubert Fichte herumstreifte: *Fundgrube für Bücherfreunde.* Da gibt es eine ganze Wand von Reisebeschreibungen aus dem 20. Jahrhundert, in denen die Wüsten noch schwarz und weiß sind und die Welt wunderschön. An dieser Wand ist Abel stets auf der vergeblichen Suche nach einer verlorenen Zeit, in der er als Kind krank im Bett seines Vaters liegen darf, an dessen Fußende die Mutter vormittags rauchend und Campari trinkend Romane verfaßt. An der Seite des Betts hatte der Chemiker Amelung nämlich Bücher von Reisen ins Innere Asiens, von Harrer und Hedin und das von dem jungen Menschen, der 1956 zur Olympiade in Melbourne »Mit dem Fahrrad nach Australien« gereist ist. Die Fotografien auf Glanzdoppelseiten gesondert, Afghanistan so schwarz und weiß wie das Italien Eckart Peterichs.

An anderen Tagen, in Berlin, geht es die Maaßenstraße entlang, die Nollendorfstraße, die Winterfeldtstraße, alle nah beieinander. In der Nollendorfstraße flankieren die Buchantiquariate das Haus, in dem Christopher Isherwood Herr Issyvoo war. Es geht zu »Hammett«, auf Kriminalliteratur spezialisiert, und zu Dr. Minx, der wie ein oppositioneller Pfarrer in der gewesenen DDR aussieht, in seine verschiedenen Lädchen und Keller, in deren einem – vor der Zeit des Dr. Minx, der wirklich aus der DDR kommt – der Berliner CDU-Vorsitzende entführt gefangengehalten wurde. In diesem Umfeld verwundert es kaum, daß der Dr. Minx bis vor kurzem noch ein gesondertes kleines, feuchtkaltes Kabuff nahebei unterhielt, in dem er ausschließlich Bücher, Broschüren, Plakate, Pamphlete des linksradikalen Jahrzehnts stapelte. Das Argument, Kursbuch, Rotbuch, Quartheft, Frankfurter

Hefte, Freibeuter. Merve Verlag, Trikont Verlag. Die *blauen Bände,* die dem Schlapp damals aus Ost-Berlin mit einem Gummiband darum geliefert worden waren.

Es geht auch zum Kleistpark, zum Glatzkopp, der, wenn sie eintreten, nicht grüßt, der die beiden wie stets streng ermahnt, auf keinen Fall selber etwas aus dem Schaufenster herauszunehmen; und zwar in leicht fränkischem Tonfall. Auch wenn sie gehen, grüßt er nicht, grüßt in leicht fränkischem Tonfall nicht.

Ja, von Berlin bis Winsen an der Luhe ist nicht das verborgenste Lädchen für gebrauchte und remittierte Bücher vor den Zwillingen sicher. Doch möchte man meinen, die verwunschenste aller Stationen auf diesen Raubzügen sei die Waldstadt Wünsdorf – jenes abgelegene, von Versteppung und Kiefernwald halb schon wieder überwucherte Kaff »in den neuen Ländern«, das aus zugenagelten Fensterhöhlen, bemoosten Lenindenkmälern, bombenförmigen Bombenbunkern und nebeneinander zwanzig Buchantiquariaten besteht, Halden von unverkaufbaren DDR-Büchern von Erik Neutsch und Hermann Kant und Willi Bredel! Dr. Minx hat hier sein Außenlager.

Und doch ist nicht Wünsdorf der magische Ort, neben dem die Antiquare am Dammtor und am Kreuzberg, in Lübeck und in Lüneburg verblassen. Es ist der Keller eines Buchgeschäfts in Saarbrücken, in dem auf großzügigem Raum nebeneinander lückenlos alle alten Taschenbücher stehen: in der Numerierung mit 1 beginnend und sich irgendwo in vor kurzem vergangener Zeit verlierend. Also dtv Nr. 1 links oben (Böll, Irisches Tagebuch), Nr. 2 daneben (Marguerite Yourcenar) undsoweiter, dann genauso mit Piper und Knaur und Luchterhand und Suhrkamp und Ullstein und Penguin und Garzanti und Le livre de poche undsofort!

Als die Brüder Amelung diese Wände in dem Saarbrücker Keller entdeckten, mußten sie den Händler erst einmal um zwei Stühle bitten, um zunächst die Fassung wiederzuerlangen und sodann von den Stühlen aus (es waren aber, wie so oft, unsaubere runde Trethocker) die Reihen zu sichten. Diese alten rororo, die sie als Kinder vernachlässigt hatten! »Alle möglichen heiteren Romänchen«, könnte Alexander sticheln, »die heute keiner mehr kennt und, ehrlich gesagt, zu Recht! Dr. Gordon verliebt? Der Schneider himmlischer Hosen? Mit siebzehn verliebt?« Nein, Romane von Dschunken und Rikschas. Ostwind-Westwind. Das Mädchen von Saigon. Es begann in

Saigon. Es begann in Tanger. Neun Tage nach Mukalla. rororo 41, 258, 212. Mit siebzehn verliebt – gewiß, auch das.

## Glückliche, unglückliche Liebe

»Nur schnell das noch, wenn es so spät nicht lästig ist: das solltest du unbedingt lesen... und noch das... Eine unglückliche Liebe. Es ist ein so wunderschönes Buch, du kannst es auch nachts halbbetrunken noch lesen, du könntest also gleich anfangen, möchte meinen, daß du es hast, und zwar in dem Zimmer mit dem Oblomow-Diwan. Man liest es auch gern beim Morgenkaffee, auf einer Caféterrasse, sagen wir in Dubrovnik, in Venedig, wo der unglücklich Liebende mit der unglücklich Geliebten schließlich auch hingelangt...

Es ist 1934 bei Bruno Cassirer herausgekommen, ein letzter Roman aus der Weimarer Republik, erschienen im Nazireich und in ihm damals vorläufig untergegangen. Es ist ein so traurig-fröhliches Buch, ein in der Wortwahl so ironisches und zugleich ernstes, ein so einzelgängerisches. Der Koeppen-Sound, weißt du. Ein Buch über Künstler, Lebenskünstler, Emigranten, möblierte Herren, Geschlechterverwirrte, Varietéschauspieler, Gelegenheitsarbeiter in einer Glühbirnenfabrik. Über Berlin und Zürich und den Zug, der nachts die Alpen durchquert und morgens in Italien ist. Wie du es als Kind erlebt hast, nach Rom. Warte einen Moment.

*Wie die Zeitrafferaufnahmen in einem phantastischen Film stürmte die Nacht in Friedrichs Blick, der aus dem Innern des lichtlosen Abteils gegen das Viereck des offenen Fensters sich richtete. Seinen Sinnen wurden die Eindrücke zuteil vom Brausen und Wiegen der Fahrt ... von Sternen, von Signalen grün und rot, von weißen Ampelscheinen über den verlassenen Perrons einsamer Bergbahnhöfe, von den glänzenden Schieferplatten der Tunnel ...*

Was mir aber auch so viel Freude bereitet, ist das Wissen um Sibylle Schloss! Sie ist unlängst hundertjährig in New York gestorben. War Schauspielerin, trat mit der »Pfeffermühle« auf und war die unglückliche Liebe dieses Romans. Sonst tu ich so etwas doch nicht, aber ich habe einen Artikel zu ihrem Tod aus dem SPIEGEL samt einem Foto, das ihre große Schönheit zeigt, in mein Exemplar des Buchs gelegt. Ein türkisfarbenes Suhrkamp Taschenbuch. Auf dem Titel unten ein quadratisches Foto des Autors mit Baskenmütze, er sieht unserm Vater ähnlich, das weißt du ja.

Sibylle Schloss – ich hätte sie doch auch unglücklich geliebt! Gleich morgen mußt du anfangen, das zu lesen.

Es ist das mir liebste Buch. Ach ja, Flucht in den Norden auch.

Und – bist du noch dran? – Walter Benjamins Moskauer Tagebuch: ach was für eine unglückliche Liebe! (Zu Asja Lacis.) Dazu friert er so. Und kauft überall in Moskau Kinderspielzeug, das er sammelt, und tritt in jeden Spielzeugladen. Das mußt du lesen.

Wie? Maschenka ist mein liebstes Buch. Unglückliche Liebe! Nein, mein liebstes Buch sind die Gärten der Finzi-Contini.

Montauk ist ziemlich gut...

Ach so ja, und ich wollte einmal wieder mit jener schwarzen Reihe anfangen, nein, nicht den Conan Doyles mit der Tabakpfeife drauf. Diesen schwer verkäuflichen leinengebundenen Bänden mit dem rosaroten Titel auf tiefschwarzem Schutzumschlag. Die Geschichte der Empfindlichkeit. Du hast noch nicht alle davon gelesen, ich kann es beweisen! Obwohl du mehr von ihnen besitzt als ich. Du hast den besten von ihnen nicht gelesen, Eine Glückliche Liebe.

Wieder das Stakkato, Fetzen von Wortfolgen von Kneipen in Hamburg und Riten in Brasilien. Indienfahrer. Anthroposophische Souffleuse. Hormonexperimente. Hänschen Rilow. Ida Ehre. Ach, man liest das so gern!

Der Fichte-Sound, weißt du.

In der Glücklichen Liebe ist es aber auch das Portugal 1964, unter Salazar, das man nicht kannte. Jäcki und Irma im Hotel, nachts draußen archaische Fischer, zu denen es Jäcki treibt, mit denen es Jäcki treibt. Ich kann mich identifizieren. Es liest sich so schön schwer und leicht zugleich! Es geht um Camões und Proust. Philosophie. Photographie. Behaglich zu lesen, nicht ZU behaglich. Nicht zu dick. Wer behauptet immer, man wolle dicke Bücher lesen, achthundertseitige Mittelalterromane?«

Was Abel dann nicht mehr sagt und auch auf seiner Liege liegend und dämmernd mehr sowieso weiß als denkt, daß seinem Bruder eigentlich auch gesagt sein sollte, daß er ihn in *Glücklicher Liebe* liebt, sicherer, bewährter Liebe, über die hinaus er doch allenfalls Befriedigungen auf der Patpong benötigt. Alle die Jahre, Jahrzehnte immer so anzurufen, angerufen zu werden, wenn man in der verklärten Nacht nicht weiß, wohin mit seiner Euphorie. Viele sind ja schon tot. Über Bücher reden und zugleich die Welt meinen, wie sie sie von jeher gemeinsam erleben.

# Cuautla

Es geschieht fast nichts. Es geschieht fast nichts, außer daß das Paroxetin zu wirken beginnt. Verklärte Nacht. Ein Seliger liegt in seinen Kissen mit dem Blick auf den dunklen Tiergarten und auf die Nachbarhochhäuser, in denen sehr vereinzelt noch andere Fenster beleuchtet sind. Das ist die Stunde, in der er immer mal die zehn Bücher auswählt, die *er* auf jene Insel mitnehmen würde. Eine Liste, die man heutzutage aus irgendeinem Grund Charts nennt und in Abels Kindheit aus irgendeinem Grund Hitparade nannte. Heute sind es der Zauberberg und der Glückliche Tod, die Kirschen der Freiheit und die Grashalme, der Spieler und der Seemann, der die See verriet, Mein Katalonien und Paris ein Fest fürs Leben. Oder sind es das Geheimnis um eine Efeuvilla und das um einen Wohnwagen, das um einen nächtlichen Brand und das um ein verborgenes Zimmer und um ein blaues Boot und ein Haus im Walde, gestohlenes Bild, Holunderweg, siamesische Katze, verschwundene Halskette, Tasse Tee? Die Geheimnisserie hat fünfzehn Titel, nicht mehr, nicht weniger. Nicht Nacht, nicht früh. Es ist die Stunde zwischen Wolf und Hund, in der dem Amelung in einer wahnsinnigen Freude Cuautla in den Sinn kommt. Cuautla, die rechte Stadt, 35 Mezcal zu trinken. Als würde er bis ganz zuletzt warten, bis er und die Dinge um ihn her es verdient haben, daß sein Blick auch noch die Bücher von Malcolm Lowry streift. Er liebt noch das mißratenste unter ihnen.

Und welches mag das mißratenste unter den nachgelassenen Manuskripten Lowrys sein? Vielleicht das vom abgebrannten Holzhaus in Kanada. Vielleicht die Gedichte von den 35 Mezcal, die er, mit oder ohne Wurm, aber sicher gleich hintereinander, in Cuautla gesoffen hat. Abels liebstes ist das von dem Schriftsteller, der mit einer neuen Frau nach Mexiko zurückkehrt an die Stätten früherer Exzesse, früheren Scheiterns, voller Skrupel, was aus seinem Manuskript vom Vulkan und vom Mezcal werden mag, voller komplizierter Sehnsucht nach Liebe, Anerkennung und Freundschaft. Es heißt Dunkel wie die Gruft in der mein Freund begraben liegt. Mühselig ist es geschrieben, man spürt es, so begabt und unbegabt in einem, die Grundidee ist nicht recht umgesetzt. Alles mißlungen. Man mag jede Zeile, jeden Absatz.

»Mezcal! verlangte der Konsul.« Auch Haarwasser trinkt er morgens im Bad. Lowrys Sucht, die ihn zugrunde richtete, ist etwas Furchtbares, freilich. Aber Abel will sich auf andere Weise empören: sich begeistern. Lowrys Sucht ist nicht schlimm und nicht der

Suff der Marguerite Duras. Gar nichts ist schlimm, Sascha, nicht wahr? Lowrys Sucht ist so schön. In der rororo-Bildmonographie Malcolm Lowry das Foto, unter dem steht: »Eine der cantinas in Cuernavaca, in denen Lowry trank.«

Die von einem Gott beschützte Welt der Bildmonographien bei rororo: Marguerite Duras ist Cochinchina und Wolfgang Borchert ist Hamburg. Die von Hans Henny Jahnn restaurierten Orgeln. Zwei Frauen in einem Ford in Afghanistan. Zwei Dorfjungen an einem Kalbsstrick in einer Scheune. Ein gleißendes Sonnenlicht über Camus' Algerien. Heimkehr nach Tipasa, Gott, Heimkehr dorthin! *Eine der cantinas, in denen Lowry trank!*

Und du warst dort, Alexander. Es war Cuautla, wo du fast vom Leben zum Tod gekommen wärst. Wie jeder weiß, ist das Schöne an Mexiko der Tod. Trotzki mit funkelnden Brillengläsern neben seinen Kaninchenställen. Ein winziges Pappsargschächtelchen, das Alexander vom Totensonntag in Taxco mitbringt. Kakteen und Kathedralen. Unter den Vulkanen cantinas. »Kein Zutritt für Minderjährige, Frauen und Uniformierte.«

Wenn ein *Opioid* sich so erfreulich über die Blutbahnen ausbreitet, kann man, will man natürlich nicht lesen – nur an Bücher *denken*. Titel. Bilder. Typographie. Einzelne Wörter, Ungelesenes, das einen reizt. Erinnertes. Schönes. Daß er als Kind Haben und Nichthaben gelesen hat und nicht aufhören konnte, weil eine Katze auf seinem Schoß lag und schlief. Daß Camus von Algerien und Tipasa und der Sonne geschrieben hat. Amelung schaut auf die Bücherwand, die im Mondlicht liegt. Auf seinen Körper und auf das Wasserglas neben seinem Bett. Der Tod auf dem Nil, man denkt gar nicht: Tod. Man denkt: der Nil. Man ist ein Dr. Watson, und im Nebenzimmer wird Holmes die ganze Nacht geigen. Rom wird wieder die Hauptstadt von 1960, über die Koeppen und Brinkmann und Henze und Tom Ripley regieren und über ihnen noch ein Zwillingsbruder, genannt der Engel, der ein Kaleidoskopbüchlein von da mitbringt, in dem man die heutige Stadt als Folie über die antike legt.

Ein alles umfassender Trost. Der verlorengegangene Schutz durch Bill Cunningham, durch Inspektor Jenks scheint wiedergekehrt. Mögen sie, wenn es hell wird, Abels Schlaf bewachen! »Träume. Von Günter Eich.« Tilidin-Träume. »Nachts hören, was nie gehört wurde: den hundertsten Namen Allahs.« Die Brandung vor Setúbal. Die Mädchen aus Viterbo. Die Stunde des Huflattichs. Der Hörspielpreis der Kriegsblinden. Daß zwei Hühner geschlachtet werden, ist ja doch eigentlich komisch. Gut ist, daß man nichts braucht als Bücher und nachts, weil die Nacht so schön ist, Tramadol. Einige Bücher, einen Streifen Tabletten. Einen Hub Tropfen. Wegdämmern. Glück. Daß man so selig werden kann.

# Inhalt

*Thomas Hürlimann*

# Dämmerschoppen

Geschichten

224 Seiten

ISBN 978-3-250-10801-6

AMMANNS KLEINE BIBLIOTHEK 1

Die in diesem Band versammelten Geschichten und Novellen zeigen den Erzähler Thomas Hürlimann auf der Höhe seines Könnens. In der Titel-Erzählung sitzt der alte Gottfried Keller auf einer Hotelterrasse über dem Vierwaldstättersee bei einem Dämmerschoppen. Als auf einmal die Höhenfeuer zu lodern beginnen, will er von einem hochnäsigen Oberkellner wissen, was das Land zu feiern habe. Den siebzigsten Geburtstag eines abgetakelten Dichters, antwortet der Ober. Hürlimanns Meisterstücke verschweigen die Katastrophen und Tücken der Welt keineswegs, doch tauchen sie die Menschen und die Natur in ein mildes, versöhnliches Abendlicht.

»Je mieser mein Leben war, desto schöner wurden meine Wörter.« *Gottfried Keller im »Dämmerschoppen«*

Ammann Verlag

*Hansjörg Schneider*

# Leköb und Distra

Eine Lebens- und eine Liebesgeschichte

80 Seiten

ISBN 978-3-250-10802-3

AMMANNS KLEINE BIBLIOTHEK 2

Man nennt ihn Leköb. 29 Jahre ist er auf der Welt. Seine Freunde halten ihn für ein lustiges, eigenartiges, gescheites Haus, dem das Leben nichts anhaben kann. Das glaubt er lang selber. Aber dann sieht er seine Hände, die Hände des Vaters. Die harten Füße. Wohin soll ich gehen? Soll ich Kinder machen? Wo wohne ich?

Ein komisches, unsicher gezähmtes Tier ist dieser Leköb. Ein Süffel und ein Mädchenheld, den es in die Flohbuden von Paris zieht, genau wie in die Berge, Flüsse und Wälder.

So einer lernt auf einem Tanzboden Distra kennen. Und lieben.

»Die Welt ist ein riesiges Ohr und will wissen, wie es damals war, als Distra die Treppe heraufstieg.«

Ammann Verlag

*Ralph Dutli*

Liebe Olive

Eine kleine Kulturgeschichte

160 Seiten

ISBN 978-3-250-10803-0

AMMANNS KLEINE BIBLIOTHEK 3

Ob wir im Olivenbaum den ersten Demokraten des Abendlandes oder van Goghs letzten Therapeuten vermuten dürfen, in der Hand des sterbenden Somerset Maugham einen Fetisch für die Sehnsucht nach dem Süden entdecken oder mit dem Philosophen Mark Aurel in der fallenden Olive ein Symbol für das Menschenleben erkennen – eine Vielzahl amüsanter, Staunen erregender oder nachdenklich stimmender Geschichten ist aufgehoben in Ralph Dutlis hinreißendem Bändchen über eine kleine Frucht mit dem botanischen Namen »Olea europaea sativa«.

»Ist das Leben wie eine Olive eine bittere Frucht, so greife nur beide scharf mit der Presse an, sie liefern das süßeste Öl.« *Jean Paul, Titan*

Ammann Verlag

*Matsuo Bashô/Leiko Ikemura*

# Hundertundelf Haiku

Ausgewählt, aus dem Japanischen übersetzt
und mit einem Begleitwort versehen
von Ralph-Rainer Wuthenow
Mit Zeichnungen von Leiko Ikemura
144 Seiten

ISBN 978-3-250-10805-4
AMMANNS KLEINE BIBLIOTHEK 5

Herbstmond, Winterregen, Frühlingsnacht: Diese Haiku zeigen ein reines, scharf umrissenes Naturbild, eher Schnappschuß als »Nature morte«. Es werden keine Bilder entwickelt, sondern Zustände vermittelt. Bei Bashô beeinflußt zudem die Erfahrung von Pilgerschaft, Vereinsamung und Weltlosigkeit das Verhältnis zur Umwelt. Das Nicht-Haften ist so buddhistisch wie die uns franziskanisch anmutende Hinwendung. Ein Juwel der japanischen Dichtkunst!

»Am Rande des Wegs
wurde die Malve vom Pferd
einfach gefressen.«

Ammann Verlag

*Fernando Pessoa*

# O Lissabon, du meine Heimstatt

Der Dichter als Flaneur
Eine Sammlung von Pessoas schönsten Texten
im Angesicht seiner Stadt
Aus dem Portugiesischen von Inés Koebel
Mit Zeichnungen von Júlio Pomar
128 Seiten
ISBN 978-3-250-10806-1
AMMANNS KLEINE BIBLIOTHEK 6

Dieses Büchlein ist ein Reiseführer der besonderen Art – eine Anleitung zum Flanieren und Sinnieren. Bei aller Pessoa eigenen Melancholie erscheint sein geliebtes Lissabon bei ihm in immer neuen Farben und Bildern, eine Folie gleichsam für seine berühmten und unvergleichlich scharfsinnigen Reflexionen. Kleinigkeiten spiegeln seine innere Befindlichkeit und geben Anlaß für Geschichten, die dem Leser die Stadt von innen erschließen.

»Und kein Blumenstrauß hat für mich je die farbige Vielfalt Lissabons im Sonnenlicht.«

Ammann Verlag